闲思录

萧瀚 著

法律出版社

自　序

注定速朽的小书，本来不必添个序，只是好比房子得有门窗，书没有序，总觉少了点什么。

2007年下半年到2008年上半年，将近一年时间里，我陆续记下一些片段之思——当时叫“闲思录”。

写的过程，很随意也很惬意，有了电光石火的灵感，就写几句，凑足了20条，便发到我的博客新浪“追遠堂”*，不想，许多朋友还挺喜欢。其中原因，无非是这些思絮很平常，没有不食人间烟火之嫌，写的时候很放松，直抒胸

* 本书中，我使用我国传统文字“遠”与“愛”，以表达对此二字的偏愛。——作者注

臆，要赞则赞，想批则批。不过，有些批评，因为太直率，不能出版，大约删了30条左右吧——没仔细看具体删掉的是哪些条目，因为删不删于我自己并无差别，删文已激不起我的好奇心。当然不是我删的，是对于出版社来讲不得不删的。

这些思絮并不连贯，东一榔头西一锤——内容因此有些驳杂，从简单的生活琐事，到政治法律历史哲学文学艺术、家国民族种群社会也都涉及了一些。不过这些残思碎片倒也有个统一的内涵，就是自由与人道，即使有时会出现自相矛盾的表述，——我越来越觉的过于统一的思想是不正常的。本不宜有什么单元性的标题，但责编高山君认为还是有必要加个标题，于是在他精心编辑下，就加了，不过，这些单元标题读者朋友别看着上当，因为它很"古典"——比如《论语·为政篇第一》并不是全篇都谈为政的，而只是起首字是为政。这种体例第一次尝试，倒也颇有妙趣。在此深谢高山兄的创意，一并感谢他及法律出版社对此书出版的热心支持和辛劳工作。

从内心来讲，这些东西本没有什么出版的价值，既无深刻思想，也无惊艳文采，只是人生天头地角的几笔眉批，自娱尚且勉强，益人则更不敢奢想。心里准备着它随时被人蔑弃，但还是出版了，并且希望多卖几本出去，人的心理总是这般矛盾可笑的。

仿佛小学生交了作业，忐忑以待老师的朱批。随书销售出去的还有战战兢兢的等待——或许能有几处寥落的掌声，哪怕只是出于礼貌，好让我减少一点叫人破费买书的愧意。

2009年3月25日于追遠堂

目　录

一

安顿灵魂

安顿灵魂的自语

30 岁以前最好能安顿好灵魂。如果没安顿好，最好抓紧时间，如果到 40 岁还没安顿好灵魂，那干脆就留着，总有一天要安顿的。不过安顿好灵魂的人千万要小心，不要以为痛苦（并且被自己的痛苦感动，于是一天到晚在那里反刍痛苦）就是安顿好了灵魂，这是个巨大的误会。安顿好灵魂的人应当快乐，在任何情况下都能快乐，暂时的痛苦必须随时能被快乐打断，恢复快乐。即使灵魂没有安顿好，但非常快乐，也比那些所谓安顿好灵魂但又痛苦的人智慧得多。

语言的世界

这是个语言的世界,如果对语言没有感觉,也就意味着对这个世界没有感觉。这是个孤独的世界,如果不能享受并且超越孤独,也就意味着对这个世界没有感觉。这是个影像时代,如果不喜欢影像,那就不会懂这个世界;这是个影像时代,如果只知道影像,那必然只是个浅薄的人。

安全登山

记者采访某登山运动员。登山数十年,他从未发生过意外,记者问有何秘诀,运动员说:我每次登山的时候,身体贴着大山,觉得她就像我妈妈。谦逊与仁爱,而不是狂妄的征服念头在保护着这位运动员。

人生的长短

对于一部分人而言,人生太长,因为他们没什么事要做；对另一些人，人生又太短了，他们有太多事情想做。可是飘飘忽忽，一生就这样过去了。人的一生总得做点事情，太长的人生容易诱人自杀。

留白的智慧

世间有很多智慧，但只有一种智慧是最重要的，我把它叫做留白的智慧。两个疯狂相爱的人需要在爱情画布上留白，不然激情过后可能是怨偶；两个友谊无间的人，也需要在友情的空间里留白，不然毫无距离的友情会相互伤害；父母子女之间也需要感情留白，不然，亲情变成了戕害自由的情感敲诈。就是一个人的日常生活也得留白，把生活安排得像沙丁鱼罐头，最后会发现，你只是在工作，你没有生活。当然，如果你生活的一切只是为了工作，那么恭喜你，你在生活——身边的亲人只是因为爱你宠你而已。

相爱需要思念

相爱的人为了永葆爱情，最好的办法就是经常制造离别，也算是爱情留白的具体方法。保持相爱需要给双方留出足够的时间和空间——来思念。

人欲不可灭，正如其不可纵

每个现代人都是矛盾体。既讨厌城市，又离不开城市；既喜欢大自然，但又无法做到无欲。实际上古代也一样吧！人类可能永遠都不会满足，欲望无限，人生的忧虑也就无限。要做到无欲，只是痴人说梦。所以，标准低一点，少欲则可。无欲本来就是大欲，这便是最大的人生悖论。

忌妒的原因

忌妒是一种极为恶劣的品质，它来自自卑导致的恨。一个善于反省和进取的人，会将自卑转化为超越，这是阿德勒的经典理论。然而，大部分人也许是懵懵懂懂过一生的，往往很少反省。这样，在不自信的时候，而且自己也不进取的时候，人就会因此产生恨意，忌妒就发生了。

嫉妒

中国这个社会，一般情况下，人的成功程度只能以嫉妒他们的人数来判定。只有一种人才能做到无人嫉妒，就是他的各方面或者某方面水平遠遠高于周围的人。因为嫉妒来自于平等假设下有张力的实质不平等，这种实质不平等会造成他人评价过程中的轻此重彼，以致伤害了自己的尊严。如果不平等的距离索性到了这种张力完全不能存在的地步，嫉妒也就失去基础了。所以，许多长辈能够提携晚辈，却不能承认同辈人。只有无人嫉妒的人才是最成功的人——谁也不会嫉妒佛陀。

忙碌与亲情

这个时代的人太过忙碌，容不下亲情——总是忙得忘了父母的生日；容不下闲暇——总是忙得无法安排看一场电影、听一场音乐会，或者看一场艺术展；更容不下愛情——这玩意儿耗时最多、收益最少，叫人欢喜叫人忧，过后像梦境。家里人变成了电话诉衷肠；友情变成了“人生不相见，动如参与商”；相爱的人变成陌生的爱人——说是陌生人又不是，说是恋人又不像，变成“两情若是久长时，又岂在朝朝暮暮”。有趣的是，这倒可能成全了真正的爱情，因为感情的保鲜恰恰最需要陌生感的刺激。

最宝贵的财富

人生最宝贵的财富是什么？是善于遗忘。一个能遗忘的人比不容易遗忘的人幸福，好比一个记忆力太好的人比记忆力不好的人痛苦。不过，人的痛苦一般不是因为不会遗忘，而是因为搞错了该遗忘什么；或者说人的幸福一般不是因为记性好，而是记性好的是地方。所以兴趣广泛的人容易幸福，原理就是这个。

虚荣心

人生还有一笔大财富，就是虚荣心。每个人都有虚荣心，每个人都是自恋的人，关键是恋什么，虚荣心在哪个水平上。人最可怕的是被一些小虚荣心毁掉，这种人不计其数。人能够达到最高境界的虚荣心应该是任何情况下——无论在家一人还是在人众之地——都能保持安详、不卑不亢、从容不迫——这差不多该是个完美形象，好比《卡萨布兰卡》里的鲍嘉；最低级的虚荣心就是永远都当明星，不是明星老子不干。后一种人见得最多，前一种人不多，所以弥足珍贵。

2007 年 6 月 23 日

二

小孩的书，大人的书

小孩的书，大人的书

我一直认为大人应该读小孩的书，小孩应该读大人的书。大人读孩子的书，就会知道孩子怎么思考这个世界，知道如何与孩子沟通，同时永葆纯真的童心和青春活力，以及幽默乐观的心态；孩子读大人的书，就容易思想深刻，对世界富有洞察力。几乎所有杰出的人都会有这样的读书经历：少年老成读大人书，成年童心读童话。

不求甚解读书

读书可以轻松的心态读，五柳先生所谓“读书不求甚解”，这很好，永遠保持乐趣。我们最喜欢读的书都是那些不必求甚解的书。不过要是做学问，有些书还是得求甚解。

地铁里读书最安静

读书不必太装蒜，什么地方都可以读。古人喜欢把读书神秘化，拉开架势读书，那是因为古人书少。现在不一样了，到处可以弄到书读，时间反倒成了问题。不过很简单，出门带书就行。我最喜欢在地铁里读书，那是我认为最安静的地方。似乎一点干扰都没有的家里书房，实际上倒是干扰最多的地方。来电话或者家人有事，这都很实际地影响读书；而地铁看似嘈杂，实际上最安静，因为那些纷扰与你无关，尤其是你有足够理由接不到电话。所以，毛泽东在城门洞读书读得津津有味，这一点不奇怪。

怎样才能读好书

读书要读好书。读好书的方法很简单。你对任何领域有兴趣但又很陌生，那就从这个领域的学术史开始读，于是你就知道哪些是经典，哪些是可读可不读的，哪些是根本不用读的——可能大部分的书都是如此。

如何判断好书

李敖说一本书出版了，判断它有没有价值至少要沉淀十年，这对于一般读书人来讲是很重要也很好的方法。不过，真正有思想深度的人从这本书出版见到之日，就能够准确地判断它能不能经受时间考验。不然，就会错过好书，至少会读晚了。

愛默生说过，不看出版一年以内的书……

洞察力

日常生活是最能够出智慧的地方，不过需要人的洞察力。洞察力一方面来自敏感多思的天分，另一方面来自后天培养，并且特别重要的就是要读书，读有思想的书。所谓学与行兼得，学与思同步，人就会智慧起来。

最糟糕的品质是懒惰

人最糟糕的品质是懒惰。人的欲望都是差不多的，但是勤快的人会通过自己的劳动满足欲望；而一个懒惰的人，则会通过各种非自立途径去满足欲望。所以懒惰是万恶之源。撒谎、盗窃、抢劫，一切用罪恶满足欲望的方式，其根本原因都来自懒惰。

最优秀的人

最优秀的人应该是全面发展的人。但人囿于各种条件，可能未必能够获得这样的培养，这是后天的问题，人力有时无法解决。不过，人和人最大的区别在于自我教育的能力。一个有自我教育能力的人，就会不断地提高自己各方面的素养；而一个缺乏自我教育能力的人，就会多年原地踏步，所有人格平庸的人都有这个问题。所谓优秀、杰出，不是以财富和地位来衡量，而是以人格，因为财富和地位这些东西在一个正常的社会里往往只是卓越人格的副产品。一般到了40岁,各方面还很幼稚的话,基本上没戏了,不管男女。

四种人

当代中国社会是个巨型垃圾场,但是所有的垃圾场也是人们拾荒的宝库,所以中国人分成四种。第一种很清楚,要在垃圾堆中拾荒,于是他们的勤劳和智慧使得他们成功,但这类人很少,日常生活中难得一见;第二种,是嫌垃圾太脏,于是遠离垃圾,他们可能很清净无为,但也很艰苦,这类人不算太多,但比第一种还是多一些;第三种,就是在垃圾堆里游刃有余的人,他们用垃圾把自己打扮得金碧辉煌,这类人不少,他们是垃圾场的一部分;第四种,就是身在垃圾场,但没有交到垃圾上身好运的,他们随时都准备变成垃圾,这群人数量最大。

最需要的是拾荒人,没有他们这个垃圾场永遠不会改变。

这些精彩的年轻人

这一代人比我们精彩，韩寒、典典就是典型……虽然我读他们的东西并不多，但是能够感觉到，在这个巨变转型的时代，他们获得的时代和世界经验遠遠地深刻于我们，甚至他们在这个金钱崇拜的时代获得比我们这一代人对财富更为健康的认识——至于有些未必健康的影响则另说。世界一直以一种非常严酷的方式在逼迫他们体验和进取，所以这些杰出的年轻人比我们更早地获得了洞察这个世界的方法，他们比我们这一代更少一些意识形态的羁绊——不管哪种意识形态。

商业克专制

商业是专制的天敌——就像专制是商业的天敌一样，因为商业是天然的平等派。西方民主精神的长期存在和发展，与他们地理位置上水陆相间的自然状态关系很紧密。商业会自然而然地解构专制，因为商业最主要的目的是牟利，商业牟利需要平等交流，交流就要打破所有的不平等，打破所有特权，所以商业必然会打破专制的樊篱。

2007年6月24日

三

从众心理

从众心理

中国人的从众心理举世罕匹，所以这应该是最具有商机的东西。只要出来忽悠一下，赵本山的拐就卖到四肢健全的人手里。普洱茶价的疯涨最能够说明问题。本来，内地人不知道普洱为何物，现在喝茶的人到处喝普洱，而且价格像绩优股一样居高不下，许多人还在收藏，可是天知道到头来会不会崩盘。别以为我不从众，我也很爱喝普洱。前几年还跟着别人吃香辣蟹。只是一边从一边骂，呵呵，不亦快哉！（写于 2007 年，那时普洱还很贵）

中国人最擅长两件事

中国人最擅长两件事：第一件，制造伪问题，例如别人床笫之事本与你无关，但你非要关心，于是惹来许多麻烦，把人家搞得很不爽，你也未必就爽，即使爽，也是假爽；第二件，把小问题变成大问题，例如本来只是街上太拥挤，两人不小心碰了一下，谁也不肯道歉，打起来了，一个拿出刀子把对方杀了，于是判死刑，两个都死了。

诗人为何自杀

古代的诗人很少自杀，因为他们基本上和大自然融为一体，他们离开了大自然，离开了月亮、花草，基本上就没有诗了。现代诗人动不动自杀，因为他们离开了大自然，他们以为自己是太阳他爹。这是狂妄的现代性的产物。

人都可能疯，尤其优秀的人更可能疯

《吴宓日记》第四册第19页记载1928年2月5日事："晚7—9访陈寅恪闲谈。寅恪谓各人疯狂之可能性如下：陈达95%；寅恪50%；宓70%云云。宓谓宓种种锐敏之感触，遠大之悲郁，实应疯狂。而绝不至此者，则以有解救及预防疯狂之策五。如下：（一）感情常使发泄。（二）兴趣繁多而时有变换。（三）实事上每退一步想而知足。(四)滑稽之观感。即自己讥评自己。（五）保持简单之心性，本来之天真……寅恪谓言之易而行之难，身当其境，未必便能把持也。"

此处提及的陈达是社会学家，在劳工、华侨、人口方面的研究颇有建树。此处之疯狂，实际上是指躁狂抑郁症，艺术家、思想家特别容易患有此症。寅恪公虽为笑谈，实则颇有遠见和自知。有杰出思想或者艺术成就的人往往与普通人不同，他们理解世界的方式与通常人不同。按照福柯的说法，精神病是被社会制造出来的。西谚云："诗人在历史上是伟人，如果住在你隔壁，那就是个笑话。"

衣着的原因

文明社会里，穿衣着装被视为十分重要的教养的一部分，所以穿漂亮衣服到底有多少是真正为了自己不好说。人需要着装最能说明人类是群居动物，而不是独居动物。

穿衣与文明

据说中古时代的印度吠檀多学派哲学家商羯罗从来都是裸身示人，他觉得裸身才最自在。有人说，人是最虚伪的动物，因为动物界里只有人才穿衣服。有时候想，要是什么时候夏天上街，街上全是裸体的人，也许真正的文明就已经到来。——当然，如果穿衣只是为了防晒，那又另说了。

穿衣的心理原因

人在保暖之余还需要穿衣服，是因为人的心灵还有隐秘而不肯示人。肉体和心灵实在是同步的，肉体并不比心灵就低级，肉体展示的状态直接反映心灵的展示状态。从这个意义上说，喜欢把露点写真集贴到网上的人未必就无耻，裸奔也未必就无耻，倒是从来没见过大贪官把他们的裸体照贴到网上（被情妇们贴出来除外）。

裸身与性犯罪

有人说过一句很精彩的话："政治就像比基尼，暴露次要，掩盖重点。"印度哲人奥修说20世纪的服装设计只是为了挑逗人们的性欲，这话真是到位极了。人要是能够裸体上街，恐怕性犯罪会减少很多。美国作家欧文·华莱士写过一本小说《女妖岛》，书中说南太平洋的三个小岛上，女人都是赤裸着上身生活的，他们那儿并没有什么性犯罪。

宽容真难

我见过一个人，他是学物理的，如果你不幸和他一起吃饭喝茶，他就会一天到晚缠着你探讨世界本源问题，而他的语言基本上都是你听不懂的，你也没地方查字典，因为都是他杜撰的。有时候想，世界上最杰出的科学家最初都会经历一个无人理解的时期，可我是凡人，无法知道自己是不是遇上了新版的爱因斯坦，而且我还挺烦他。可见，要形成一个宽容的社会真是太难了。

婚姻与昏因

许多智者都提到过，婚姻中谁要是想改变对方，那是最蠢的。实际上，这往往是恋爱时候遗留假象的继续。恋爱时候，双方为了讨好对方，都尽量把自己的心灵和行为打扮得花枝招展，处处迁就对方，一结婚，完了，撑不住了，故态重萌，另一方就说老子被你骗了，于是吵架、分手。换一个，还是那样。所以恋爱时候就不必装蒜，省得以后麻烦。年轻时候不懂，装装蒜也就罢了。懂事以后，再在感情里装蒜，说好听了是幼稚，说不好听了是拐骗良家女子或男子。

家产官僚制

韦伯认为中国古代的家产官僚制导致中国难以产生资本主义。所谓家产官僚制是指科举制和宗法制结合所催生的财产制度。这种制度导致财富的最初投资方向永远是官场,投资官场成功之后,再借助官场的权力优势牟利,即使从事商业也会借助权力搞不平等交易,例如和珅当军机大臣期间经营当铺,便是很典型的例子。

中国父母教育子女

中国父母教育子女一直存在两个极端化的严重问题。对待男孩,一种是奉行"船到桥头自会直"——就是溺爱,所以中国男人多是长不大的孩子,这些人一生都自私、脆弱、怯懦;还有一种是奉行"棍棒下面出孝子"——就是残酷,动辄打骂、挫伤孩子尊严,以为严厉就是培育,以为残酷就是严厉,所以这类孩子长大了,往往野心很大,人格很差,专制、霸道、残忍、冷漠。对待女孩,也有两种:一种是奴隶待遇，出于一种歧视导致的方式，认为家务由女孩子干天经地义，要趁她们嫁出去之前把嫁妆的本息以劳役的方式夺回来，导致女孩子终生奴性人格，这是悲剧；还有一种也是溺愛，导致骄横、自私，孩子也会终生不幸，这是惨剧——同情都难得到。

2007年6月24日

四

我们失去了黑夜

我们失去了黑夜

城市里生活,连个像样的黑夜都不容易有。没有电灯的时代,人们恐惧黑暗,现在有了电灯,人们讨厌无所不在的人造光明。于是,我们可以理解,为什么大学校园里停电的时候,人们那么欣喜若狂,因为只有在这片刻的(彻底)黑暗之中,人才能真正找到独处的自己。

现代科技的祸福

爱迪生当年曾经说过现代科技到底带给人类福祉还是灾难,他不知道。这是一种谦逊的态度,对天地有着深深的敬畏，所以他看着自己价值200万美元的实验室焚于大火的时候，一边看一边笑，神态超然。自从他发明了水泥配方以后，一部分人类就被它与大自然隔离了。

大自然的反义词是大城市

大城市的最大特点就是遠离大自然。城市人被水泥和人造色彩包围，我怀疑它会戕害人的神经系统，继而怀疑这是城市人容易得抑郁症的重要原因。如果人目迷五色，这五色是自然色彩，迷就迷了，可是现在我们迷的只是假冒伪劣的五色，岂不郁闷致死。

空调代表现代性

在所有的电器里，空调最具有体现现代文明荒谬性的象征意义。它以邻为壑，开着它，你凉快了，但别人受不了，越受不了就越开空调，好吧，大家都待在家里别出来了。

通天塔是不可能的

看到周边很多人的生活都觉得很奇怪:为什么他们会活下去,如果我活成他们那样,一定会自杀。可是转念一想,他们要活成我这样可能也会想自杀。人在本质上是绝对孤独的,不可能沟通。

城市生活最脆弱

城市生活可能是最脆弱的。如果停电一天,住在30层的人这一天就没法出门回家,他也没法在家用电脑,晚上没有灯,可能连煤气也打不开。如果事先不通知停水三天,人几乎完全没法生活。要是水电一起停七天,许多人一定会死掉;这个城市就完全瘫痪,可能还会发生革命——弄不好连革命也发生不了。

根据年龄犯错比较安全

人在不同的年龄段，其所犯错误的社会承受度不同。一个孩子只能犯孩子的错误，如果犯了成年人的错误那就会惊天动地。一个成年人犯幼稚的错误，轻者被人耻笑，重者致人愤怒。而且到了一定年龄之后，再犯低级错误就可能会严重破坏原来建立的社会关系，从而一蹶不振。我以为，人到了40岁以后就不能再犯严重错误，要犯也只能犯伟人的错误，如爱因斯坦反对量子力学，托尔斯泰做人类导师。

手机与自由

我认识的人里有好几个是没有手机的。吴×先生，前年见他还没有，不知道现在是不是“堕落”，配备手机了；贺××先生也没有，不知道现在是不是有了；邓××先生也没有，现在还是没有。还有一些人是有手机和没有手机差别不大，因为他们只是方便自己打电话，如周××先生。

人有了手机以后似乎方便多了，似乎自由多了，可实际上心理自由在减少。人本身是很矛盾的，既不想太被打扰，又不想太被遗忘，于是就不可能真正自由了。

中国人的生命力

我们生活在不知道自己吃的是不是卫生的世界里，没有什么比这更可怕的了。不过中国人似乎生命力旺盛，毒不死，不管毒米、毒韭菜、毒黑木耳……照吃不误，酒楼茶肆照样夜夜笙歌到天明。壮哉，中国人！（这“壮”字，可念成第三声，也可念成第四声）

大车与炸弹

我家附近半夜都有无数大车经过，发出巨大噪声，有些大车的司机好像吃喇叭长大的，经过居民区的时候还特意用刺耳的喇叭声刺激梦中人。这时我醒过来就会想，以后应该允许人们随便制造炸弹，不管治安好不好——反正从来没好过，不差这点——至少乱叫的大车会少几辆。

出租车司机的见识

出门打车的时候经常会遇到极有见识的司机，会跟你聊一路。下车的时候，我常想，谁说只有读书才能长见识，不读书只要思维正常照样能有见识，至少他们比许多教授有见识。

习惯是暴君

有时翻到很多年前的日记，发现那时候很有雄心壮志，要改正这个改正那个。不过看着看着就很懊丧，因为这些雄心壮志到现在还在，当年要改正的似乎也没什么结果。人的习惯真是暴君——好像柏拉图说的——不知道会不会被它们奴役一辈子。

道德与宽容

你不喜欢的食物，别人可能吃得津津有味。西谚所谓

“你的美味，他人的毒药”，就是这个意思。人之所大患，是以为别人应该跟你过同样的生活。这种心态是导致不宽容的重要原因，而实际上人有各种各样，生活方式也就各种各样。所以道德——主要是私德，一般情况下只可律己，不可绳人。

食性与教养

据说食性大的人，心胸也就宽广，可能还真有点道理。确实，在外面聚餐，最烦那些这也不吃，那也不吃的人。我也比较挑食，但跟人吃饭，我就什么都能吃了——不愛吃的东西，你夹菜的时候不夹不就完了。饭还没吃，就预告若干类——还不是种——菜不吃，弄得人没法点菜，缺家教。

令人恐惧的孩子

现在的许多孩子很叫人恐惧，倘若跟大人一起吃饭，吃什么得由他们说了算，挑三拣四，倒尽人胃口。记得兰姆说，别拿孩子来炫耀，因为孩子到处都有，就跟地沟的老鼠一样多。后半句有点刻薄，不合适，毕竟兰姆自己没孩子，所以对孩子冷漠。我是个喜欢孩子的人，自己没孩子，也喜欢，但不喜欢没教养的孩子。奇怪的是许多叫人讨厌的孩子，他们的父母倒极有教养。

阴盛阳衰从娃娃抓起

见过很多十来岁或者十几岁的小孩子，奇怪的是阴盛阳衰——那些女孩都很出色，男孩大部分不行。是不是以前听说的规律：男孩小时候不行，女孩大了不行，不过我看不好说。因为有些小女孩实在出色得让我都嫉妒——本来犯不着嫉妒的。

聚餐付账

中国人聚餐，如果事先没说好谁付款，就喜欢吵着结账、抢着结账，这种事我当然也干过，不过说实在的，我不喜欢。关键是我也不喜欢有些人从来都等着别人付账（当然好朋友除外，我愿意），一两次可以，每次都这样就很叫人讨厌,以后不跟他吃饭了。杨联陞先生曾经说到过这个问题,他以“报”这个概念作为解释工具,说中国人的社交,心中都有杆秤,只有笨蛋才会认为他可以永远占便宜。

男人的卫生水平

干家务活实际上还挺有意思的,只是人要是一懒呢就没边儿了。还记得以前读大学时,外班女生还特地来参观我的床铺,因为她们不相信男生的床铺能比女生还干净,结果两年下来,我的卫生水平就跌到跟女生一样了,现在则跌停牌了——直到男生平均水平线,似乎还回不去了。

2007 年 6 月 26 日

五

人类永遠都是穷光蛋

人类永遠都是穷光蛋

人类在前现代，许多地方都吃不饱，那时候物质性的匮乏严重威胁着人类的繁衍，那时候穷的是物质；技术革命以后，人类的财富大大增加，人口大增，于是相处而不是生存的烦恼更多地纠缠着人们。饱暖思各种欲，于是欲壑难填的人类又开始了新的贫困，这回贫困的是精神，是灵魂。人类永遠都是穷光蛋。

每天的生活

空想家想的是明天怎么办，实干家做的是今天的事。

过好每天的生活，爱每天的生活，真心对待自己，不求不弃不盲不欺，勤于思、敏于行而淡于功，这就成了。

政治家与政客

政治家是为了人民，政客只是为了赢得人民（此句窃自史铁生先生与我数年前通信中的话，不是俺自己的话）。所以韦伯说："一个人得确信，即使这个世界在他看来愚陋不堪，根本不值得他为之献身，他仍能无悔无怨；尽管面对这样的局面，他仍能够说：'等着瞧吧！'只有做到了这一步，才能说他听到了政治的'召唤'。"

贵族与暴发户

贵族是人格卓越、有社会历史担当的豪门人物，而暴发户只不过是人格还来不及修炼，就突然挣到很多钱或者拥有很大权力的人。

“认识你自己”真难

托尔斯泰晚年说了许多可笑的话，因为他拿宗教和道德来框限一切。伯林说他气质上是狐狸，却误以为自己是刺猬的艺术家。这种情况确实很可惜，人要认清自己真是太难了，伟人也不例外。而人一生也就一件事儿：“认识你自己。”

科学裁判所

中世纪欧洲有宗教裁判所，专门用来搞宗教迫害。二十世纪的中国有科学裁判所，专门用来搞科学迫害。科学裁判所比宗教裁判所厉害，因为它是无形的存在，只要谁祭起科学这颗翻天印，就可以对他不能接受的任何研究进行打击。所以无论气功、外星生命、中医、超心理现象，只要他们觉得荒唐的都变成了伪科学挨打。这些“科学家”们的一大特点是对于自己打击的对象一无所知。人家邀请他们去现场监督，他们也不去，但可以直接说这些事是骗术，说这些人是骗子。我以为对自己不相信的事，存疑比较好，不研究又去斩钉截铁地论断，难免闹笑话，更糟糕的是败坏真正的科学精神，制造新的迷信。

科学

科学最大的特点，就是永无止境。人类轴心时代提出的问题，一个都没解决，科学怎么就万能了？真正有科学精神的科学家，不会对自己不懂的领域胡说八道，这是最基本的科学素养，也是做人的基本教养。

古体诗没有生命力了吗？

许多人以为中国格律诗的形式已经完蛋，但我相信一切美好的东西都不会那么轻易地失去生命力。韵文是语言至美，怎么可能说消失就消失，说打倒就打倒？胡适之先生对中国近现代贡献甚巨，虽然他自己那些白而无味的所谓白话诗基本上没人答理，但他开创了白话诗先河，却是功不可没。只是后人不少用白话诗否定格律诗，那是他们的愚蠢，和胡适之先生关系不大。懂营养的人青菜、萝卜都可以吃，只有笨蛋才会吃了青菜，就骂萝卜。胡适之先生不肯赞成陈独秀废除白话文的观点，两人大吵一架，几乎绝交。可见，伟人开启的事业，常常被一帮笨蛋带到歧路上，这就是历史。

西方艺术家的地位

二十世纪中国知识人推崇西方思想家，似乎西方思想家对他们的文明进程起着观念和意识上的决定性影响。我怀疑这是一个错误的判断。我读西方历史过程中，越来越觉得西方历史上艺术家的作用遠过于思想家的影响。几乎所有最杰出的大艺术家都会是思想家，而思想家就不一定能成为艺术家。产生这种认识偏差的原因，我以为是中国二十世纪知识人的知识结构上的问题。在一种"文有余力，则以不行"的科举制下，知识人很难全面发展其各方面的创造力，久而久之，那些较为优秀的人，也就是对思想这一块还有鉴赏力，于是就误以为他们西方文明史也仅仅是思想家的历史。

昙花一现

今天给家里打电话，爸妈说昨天和今天，家里的昙花开放，每晚都得11:30左右才开放，到凌晨5点来钟才收回去。妈妈到处给人打电话，请人来看，于是家里挤得跟电影院似的。昙花，这花中神品，记得我很小的时候去人家里看过一次，一直记忆犹新。在亲眼目睹昙花盛开和收回的全过程中，那种羞涩、庄严、神秘而芳香沁人的盛开与回归，看的人如果没有对这世界产生肃然敬畏之心，还狂妄地以为人类主宰她，岂不可笑。

举重若轻、举轻若重

《卡萨布兰卡》里的瑞克为抵抗组织做了很多事情，但他一直没当回事，仿佛只是不经意间随手做的，其实他冒着被枪毙的危险。周恩来能够记住只见过一面的人的名字，许多年后再见面还能喊出人名字，程思遠先生因此感动。人到一定年龄，就得清楚，自己所做之事，确有重要和不重要的。重要的那些，你心里知道重要就行，不必动辄拉开一大架势，然后去轰轰烈烈，没必要，那样会像演戏，你演得高兴，人家未必看得开心。所谓泰山崩于前不变色，这是举重若轻。有些事看上去很小，但对别人很重要，所以要小心翼翼，如果你随随便便，就会伤人，这是举轻若重。

人生规划

人生应该有总规划，没有规划的人生要么活得不好，要么活得很乱，要么活不下去。有了规划，人生就有目标，就知道自己一生要干什么，于是就能够知道每天要干什么，当然仅仅有大规划，没有小计划，那只是空想家，弄不好也会自杀。

做人与做事

都说做事之前先学做人。同样这句话，在不同人那里解读出来的结果可能大相径庭。孟子所谓“先立乎其大者，则小者不能夺也”。这话很到位，陆九渊也说“知性善以忠信为本，此先立其大者”。实际上，这是一个立德与立功之间的关系问题，只有立志做一个人格卓越的人，才谈得上做事、做什么事。所以，“做人”不是会搞关系的意思。

立德、立功、立言

《左传·襄公二十四年》叔孙豹谈三不朽，“大上有立德，其次有立功，其次有立言。虽久不废，此之谓不朽”。实际上这三个东西，除了立言之外，前面两样是分不开的。一个社会，如果立功者都是品质恶劣的人，那么这个社会就是病态的。仅仅以立德而在历史上不朽，这也是梦话。颜回要没有孔子，光他这点瓢饮之乐何足以不朽？

2007 年 6 月 28 日

六

愛的能力

人、社会、爱的能力

通常而言，人世间最可怜的是那种空有爱的胸怀，却无爱的能力之人。这方面最典型的是诗人、画家，尤其是诗人。因为诗人的职业是幻想，他们可能会给世界创造美丽的诗歌，诗人却几乎都不能解决自己的基本生活问题，于是他们爱的人也得跟着遭殃。爱伦坡那么爱他的妻子，可是，贫穷夺去他妻子的生命，最后连棺材都没钱购置。杜甫是因为饥饿已极，在耒阳白酒牛肉醉饱而死，“真是衡阳雁去无留意”，在成都看到如此漂亮的杜甫草堂，觉得是个巨大的讽刺。世间对诗人，只是剥夺，只是榨干他们的天才，只是后世口惠实不至地赞颂，这就叫做残忍。柏拉图要把诗人赶出理想国，倘若从这个角度来理解，简直就是仁慈了。

听觉动物和视觉动物

多年前一位朋友跟我说过一句很精彩的话，说男人都是视觉动物，女人都是听觉动物。男人喜欢美女，目迷女色，女人喜欢甜言蜜语，耳迷男音。可见漂亮女人遇到口才好的草包男人照样上当，有智慧的男人遇到蠢货美女也会乖乖入彀。这就是为什么鲜花插错地方、英雄过不了娘子关的原因。

感情与尊严

“婚姻诚可贵，愛情价更高，若为尊严故，二者皆可抛。”人只有在完全有尊严的条件下，感情才是有价值的。无论男生女生，对愛的人苦苦哀求，追上两年，百依百顺、无微不至，最后却被愛人像扫垃圾一样扔掉。这种故事俯拾皆是，原因在哪里？没有尊严。一个男人要有事业（各人对事业理解不同），才得女人芳心，没有事业做基础的感情，年轻人不会珍惜——他们宁可将来后悔。女人也一样，对男人太好，男人不会当回事儿。说穿了，年轻人的感情就一个字：贱——“辗转反侧，寤寐思服”的才是好的。只有成熟的人才能欣赏你真心的付出，才懂得感恩。不过，这些理性分析，通通废话，人和人的感情取决于缘分；感情能否持久则取决于莫名其妙——神秘的和谐，还有双方的人格。

男女交往中的情愫

有位长辈艺术家曾经跟我说过，不管哪种异性交往，双方都存在性别感情的成分。我被她的话震惊，继而佩服得五体投地。之所以震惊，是因为我发现在听到这句话之前，我有所感，但不敢这么想。确实，人常常缺乏足够的能力对自己的心灵和潜意识洞烛幽微，这种能力中包含着勇气，所谓智慧需要勇气，在此验证如神。

如何对待男女交往中的情愫

一般而言，日常生活中的异性交往，只是简单的社会关系，也许一饭之后再无往来，也许群聚中隔三岔五，最后都不会持续。唯有那些持续下去的异性交往才最考验人的智慧和才德。持续的男女交往不产生感情，恐怕连鬼都不会相信，可是人生无常，阴差阳错之事乃是常态。人常常会遇到“恨不相逢未嫁时”或“盈盈一水间，脉脉不得语”的遗憾，在心中感觉对方的情感，在心中珍爱它，把它作为上天最厚重的礼物。交往在持续，爱意在加深，如果足够智慧和坚强，柏拉图式的爱情就诞生了。

柏拉图式爱情

现代人比任何以前的时代更需要柏拉图式爱情，因为男女交往已经变得如此容易，而基本的婚姻制度并没有变化。漫长的六七十年人生里，只爱一个人而不疲倦，这是只有上天才能赐予的重礼，绝大部分人并没有这样的幸运。许多人为情所累，是因为这个时代上床太容易。性在许多时候都是一种深具破坏力的异性交往方式。罗曼·罗兰就曾说过：“情欲本身不可怕，可怕的是它带来的后果。”只有在性和情之间划出不去逾越的边界，两人的交往才可能无碍家庭幸福。只是人要都这么理智的话，也就太完美了，似乎不太符合人性。休谟说过："理性只是激情的奴隶。"

男女友情的可能

男女之间的友情确实很难说不存在，但要健康存在而且长期维续下去确实又很难。异性交往，时间长了，很难不产生性别情感，只要一方感觉发生变化，这友情就会终止。双方都要把握好度，确又难乎其难，当然这正好解释了异性之间能够发展和维续纯友谊的可能，只是比较罕见。不知道纯粹同性恋者与异性恋的异性之间的友情是不是能存在？没研究过，不太了解。

吃醋

爱情中吃醋是一件常见但又奇怪的事情。我的想法很简单，我爱的人只爱我，不管谁追她，只要她没动心，对我而言，只给她增加魅力，不会给家里增加酸度，所以不必吃醋；如果她喜欢上别人，那就去喜欢好了，还有什么吃醋的必要？你吃了又怎样？又不会因为你吃醋，她就回心转意。

吃醋的原因

吃醋是因为感情人格不独立导致的。感情人格如果是依附性的，就会患得患失，怕失去对方，这不是去爱，而是需要对方属于自己。担心别人横刀夺爱，所以吃醋，这是占有欲受到威胁的反应；因对方爱上别人而吃醋，这是占有欲失败的反应。如果情感不依赖任何人，那就是自由的，有尊严的，独立的，也是放松的，就能体谅正常的人性。感情人格独立，没有任何别人，照样可以过好。

婚姻是一种能力

婚姻是一种能力，并不是所有人都有这种能力。在现在这个社会有这样能力的人尤其匮乏，不然就不会有那么多聚合离散，那么多吵吵闹闹了。一个人真得知道自己是不是适合婚姻，再去决定有没有必要结婚。如果没有婚姻能力,而去结婚,岂不是害人。过不下去,离婚固然痛苦,不离婚则可能更痛苦。好在一般没有婚姻能力导致婚姻失败的,往往不是单方缺乏婚姻能力,而是双方都缺。这样就无所谓了。让他们结吧,让他们离吧。真正受害的是孩子,唉……

不要受爱情之苦

几乎所有的艺术作品都告诉人们,爱情会使人痛苦。无论是甜蜜的痛苦,还是痛苦的痛苦,反正都是痛苦。我以为这种悲情审美有问题,爱情中的痛苦多半来自患得患失,来自感情依赖,只要你练就独立不依的感情人格,就不会受感情之苦。当然,要练就这一身本事,往往开头得吃点苦头。一个挨了三十刀的人,再添个伤疤不该有什么感觉。

爱的方法

像克里希那穆提或者奥修说的那样,用爱去爱,不要用需要、占有、依赖这些非独立的人格因素去索取，这时你就可以像皓月当空一样澄明，这时你就会爱了。你像风一样，最恬静淡雅地让她感觉你的存在；你像云一样，在骄阳下方为她遮挡；你像水一样，漫过炙热的情欲勃发。你像半空中跳出一个自己，看着爱她的那个人，你无我，你只是在爱。

愤怒与快乐

在这个索多玛社会里，如果你失去了愤怒的能力，那你只不过是会吃饭走路的尸体；在这个充满生命力的世界里，如果你失去了快乐，那你就白来了世界一场。快乐和愤怒并不矛盾，况且恰恰是能愤怒的人才会有能力真正快乐，正如能快乐的人，也才有对丑恶事物的真实愤怒。

偏激

常有人指责我偏激，也常发现许多人喜欢用偏激去指责别人。这很有意思。指责别人偏激，一般情况下，不会认真考虑人家说得对不对，这是一种情绪的反应，不是理智的反应。之所以不是理智的反应，是因为理智被潜意识回避掉了，因为理智缺乏足够的勇气来回应。潜意识的自我保护本能站出来掩护理智的沉默。指责他人偏激的社会习惯，恰恰是因为被指责者说出来的事实得到了指责者的内心承认，但习惯却不允许自己接受，于是就发生了所谓偏激的指责。这是一种怯懦者的面子。

永遠愛你

这种话，不到弥留之际，最好不要说。孟德斯鸠说法国人“认为对一个女人发誓永遠愛她，就跟肯定自己会永遠健康或者始终幸福一样可笑”。毕竟，相爱的人要一起生活几十年，谁也很难保证中途不开小差，更何况许多人本来只想开个小差，结果开大发了，不回来了，对方要是出示这句话，不是很尴尬吗？再说这种话论证起来极麻烦，需要几十年的言行综合数据，简直是给自己上套。不过，现在好像大家都不太信，所以说说也无妨，只是听的人不当真就好了。想起一首著名的敦煌曲子词《菩萨蛮》：“枕前发尽千般愿，要休且待青山烂。水面上秤锤浮，直待黄河彻底枯。白日参辰现，北斗回南面。休即未能休，且待三更见日头。”还是老祖宗狠。

子宫

上天给女人的最大馈赠是子宫，最破坏女人生活连贯性的也是子宫。子宫使得女人比男人更接近宗教——因为她们更接近生命本源。但是职业女性，尤其对事业很有追求的女人，常常无法兼顾家庭孩子和事业，因为妈妈的角色是任何其他人无法替代的。

2007年6月29日

七

人生就是学习放弃

人生就是学习放弃

1985年2月16日，太平洋时间下午1点，克里希那穆提说："今天晚上我要去山上散步。我会走得很遠很遠。雾已经起了。"当天晚上9点，天空弥漫起大雾，一代圣者离开世界。

人赤条条来，以前穿着衣服走，现在化成青烟走，总之是不带走一片云彩。人的一生不管得到什么样的荣华富贵，最终都归于尘土。若被名利所困，便无大自在。但是在世的时候，什么也没有，恐怕也没法大自在，所以要用一生的时间学习放弃，最后走的时候就轻装遠行了。

日记(一)

年少时,记日记跟懒渔夫差不多,晒网比打鱼的时间多。这几年,记忆力开始衰退——像是要得早老痴呆的样子,只好老老实实一天不拉的记,偶尔翻起以前的日记看,吓一跳,怎么里面记的好多人一点印象都没有?可见,许多人的回忆录是不可信的。李敖就曾经嘲笑国民党大员陈立夫写回忆录动不动就当年老子如何如何,经他一考证,压根没那回事儿。这倒不是说人不诚实,而是说记忆有保护性遗忘和保护性夸张的本能。

日记(二)

日记本应该是给自己看的,所有出版的日记,我建议不要完全信以为真,至少是不全的。他们的日记本来就是给公众看的,写的时候就在想着读者的反应,所以是日记体文章,有些甚至可能是日记体小说。一个人记日记时如果足够诚实,就不会打算给人看,因为有很多见不得人的念头，心灵的全裸——至少我做不到，也没见过谁做到了。

日记（三）

许多用世之心重的人，都会想着给后人留日记，这类日记实际上是让人去了解一个时代，而不是让人去了解其内心世界，这类日记没有太多可满足人好奇心的内容，但是常常可见主人的一些日常生活和他所处的环境，所以也不是毫无意义——我就买过不少出版的日记，胡适之、吴宓、梅贻琦……都有，而且受益匪浅。

大学、军队、监狱

大学时候一位同学张卓峰说过一句话，我一直记得："人的一生，要是可能，应该当过兵，坐过牢，上过大学。"这话，至今我还觉得颇具智慧。当兵体验纪律、坐牢体验底层生活、上大学提高思想境界，确实，极目四望，社会上有成就的人大抵与这三个地方有关。三样要是占全了，是不是就成就不可限量？不知道。

幽默分南北

不知道是不是地域差异的缘故，我总觉得中国人的幽默分南北。若以钱钟书、鲁迅等为代表，南派幽默以敏锐、想象力丰富、知识性见长，缺点是奇巧处显刻薄；北派幽默若以老舍、梁实秋为代表，则以拙厚、同情心、生活化见长，大气，有境界。年少时喜欢南派，随着年龄增长，更喜欢北派。

李白和杜甫

一个诗仙，一个诗圣。年少时喜欢诗仙，向往逍遥、浪漫，年长了，喜欢诗圣，知道沉郁的分量。李白最能体现中国文人空想的一面，躺床上会想象老子如何如何，一出被窝，就被现实弄得奴颜婢膝，李白的《与韩荆州书》最倒我胃口，寅恪公曾因此说他“其志可鄙”。杜甫的诗，无论写人论世，都见其深情沉郁，《赠卫八处士》便是典范，若拿李白著名的《赠汪伦》来对比，跃然可见诗仙的应景客套，这首诗被选进中小学教材，足见选文者眼神不好，该作“判断力批判”。

自杀

我的两个好朋友，一对乐观、健康的夫妇，男的说：“哪天我们要自杀了，你可别奇怪！”我确实不会奇怪，不过他要不说，我没去想。自杀的念头是心理学上所谓死本能的一种反应，我怀疑所有人都曾经有过，只是很少人真这么去做。也许自杀的冲动，恰恰是人生命力的象征，也是人追寻生命本源的象征。

搂搂抱抱

无论大学，还是公园，恋人之间的拥抱、接吻，被一些人鄙视地称为“搂搂抱抱”——以至于这个中性词都变得贬义起来。这种讨厌，不知道是什么心理，我怀疑是嫉妒。恋人们在一起，不搂搂抱抱，难道要打打闹闹，才让人开心？——戴红箍的老太可能最喜欢这个，这样正好可以发挥她做“思想工作”的特长。中国人太不幸，以至于见不得别人的幸福。他们会说，“我们那时候连手都不敢拉，哪像现在，搂搂抱抱的”。他们那时候——哈，面有菜色，饭都吃不饱，一天到晚心里就想着两馒头（现在陈凯歌、张艺谋都能提供了），当然没力气拥抱、接吻、做愛了。

让座与羞善心理

公共汽车、地铁，中国人让座的不多，现在可能稍好。许多情况下，人不是因为不肯让座，而是不好意思让座，这种心理是不是比较奇怪？中国人往往羞于为善、勇于作恶，勇于作恶当然是少数，但羞于为善，却是大多数。因为中国人把任何少数派的行为都视为出风头，行善也就难逃此劫。十几年前，在车上我也不敢让座，让了也觉别扭，不像让座，倒像性骚扰，让了座还脸红半天，后来练习久了，现在就自然了。

给乘务员支招

许多乘务员在公共汽车上喊话:“哪位乘客给这位老先生让个座?”没人理,于是点鸳鸯谱,被叫到的赶紧起身让座。我建议乘务员改改喊话方式,效果一定不同:“乘客们别不好意思了,给这位老先生让个座?”

抢座

我的朋友李宝民曾经和我讨论公共汽车抢座的问题。他说,这是因为资源匮乏导致的心理结果,人人都觉得只有抢才能轮到自己。他的分析很有道理。我觉得还可以再增加一个大众心理的角度,抢座也许还有从众的原因,大家都抢——我也去抢吧。人不多的时候,大家都不抢,你抢不是可笑吗?大家都抢,你不抢,不是傻瓜吗?许多国人都唯恐自己跟别人不一样。

双性气质

杰出的人都具有双性气质。古人说："圣人女相。"又说："圣人小脚。"撇开性别歧视，指的都是双性气质的含义。孔子说的"文胜质则史，质胜文则野，文质彬彬，然后君子"，在一定程度上也可以理解为双性气质的含义。简而言之，双性气质也就是既有阳刚的勇敢，坚强的担当能力，又有优雅高贵气质，以及温婉细腻、关怀人的阴柔能力。

夫妇之间的四种角色

一对幸福美满的夫妇，男女都需要扮演四种角色。男人要同时扮演丈夫、父亲、儿子、情人；相应的，女人要扮演妻子、母亲、女儿、情人。人总有软弱的时候，所以就有不平等的关系——父女、母子关系是最具有爱的不平等关系。另外两种是平等的，夫妻和情侣。人在常态下，现实的柴米油盐需要解决，夫妻关系是基础；人有浪漫的需求，所以情侣关系不可或缺，浪漫可以制造。

人到中年（一）

人到中年就开始回忆，看《小王子》，眼里会有泪水。想想少年时候，失去的那些童真，如梦境昙花，像一件件衣服脱下，放进水里冲刷，洗掉的不是污垢，而是你的梦，你的情。现在你长大了，你甚至早为人父母，你无限爱意地看着孩子，你羡慕孩子的天真，你却盼望孩子长大。

人到中年（二）

人到中年，你开始擘画更大的人生，你把它叫做第二春。你现在开始踏踏实实做事，你甚至已经很清楚自己能够做到怎样。你已经变得很功利，没有意义的人生，你的不要；浪费时间的交往，你的不要；就是爱情，你也可要可不要，嫌它麻烦。你的事业开始要结出果实，可你早已被异化，只是你自己不知道罢了。——就是知道了，你也乐意被异化。

犯低级错误的下场

一个有点成就、有点想法，还有点魅力的中年男人，经营了一番开创性的事业，接着他春风马蹄，接着他泡起了小蜜，接着他失去了家庭，接着他失去了那份事业，接着他的小蜜做了别人的小蜜，接着他猝死。中年男人犯低级错误就是这下场。也许他对感情是真心的，但不管在谁眼里一钱不值，因为责任比爱情重要。这世界，成王败寇是常态，你不服有什么用。茨威格说，历史通常不考察胜利者的道德，更何况道德还经不起考察的失败者。

男人没钱就像女人不漂亮？

这是现在挺流行的一句话。人的先天条件不同，后天条件更是千差万别，能不能挣大钱真是不好说，除了勤奋，还有机缘。毕竟在任何社会里真正富裕者永远都是少数。贪官有钱，没到坐牢杀头的时候，是很风光，但这种纸糊的荣华富贵如镜花水月，嫁给这种钱，能保几个朝夕？女人漂亮不漂亮，一半天生，一半后天，哪个年龄段的女人都可以漂亮。林徽因一辈子都漂亮，靠的不完全是天生丽质，怎见得不漂亮就那么可怕？如果一个社会只会用钱去衡量男人，用色相去衡量女人，就连动物世界都不如。

人性大发

人们看到残忍的事，常常会顺口斥骂那些混账“兽性大发”——例如南京大屠杀。实际上野兽世界里不是这样的，没听说有纯粹以折磨伤害同类取乐的，这些恶事，只能说“人性大发”，怎么会是“兽性大发”？说“兽性大发”，不是对兽的侮辱，就是对人的拔高。

艰难的放松

许多年前，我和作家刘方炜先生(《放逐》的作者)聊天。他在20世纪80年代初就辞职了，我很佩服，那时候辞去公职很不简单，我问他当时为何有如此大勇。他说：“一个瞎子过独木桥，摔个跟斗，差点掉下去，幸好抓住桥沿，高喊救命，路过者劝他，桥很低，水很浅，你放手没事。瞎子不相信，最后力乏，掉下去了，果如路人所言，桥低水浅，安然无恙。我当时辞职就是这瞎子的感觉。”人在许多时候都是这样，满以为多么令人可怕的后果，其实只是夜路狂奔——自己吓自己而已。

2007 年 7 月 5 日

八

放松的信仰

放松的信仰

好多宗教都不放松，他们告诉你要禁这个、止那个。我以为伟大的宗教，应当教人放松，即使佛教有那么多戒律，最终也是教人用我执破我执而已。它教你空性，教你世界的本源是零，不是一。道家教你，世界的本源也是零，是无。如果宗教只是教你拉开架势上厕所，那就让人觉得很搞笑。

创始人的出身与宗教的境界

伊斯兰教，创始人穆罕默德，军政首领，40 岁悟道，62

岁去世；基督教，创始人耶稣，木匠，30 岁悟道，33 岁去世；佛教，创始人释迦牟尼，迦毗罗卫国王子，35 岁悟道，80 岁去世。境界的奥秘就在其中。

蒲宁

现实主义以及“为艺术而艺术”的双重成就，使得蒲宁异于绝大多数文学家。马雅可夫斯基在大街上喊打倒“蒲宁主义”，可私下里却不得不服膺，可见其魅力。蒲宁的爱情小说几乎一直就只有一个主题，美好——越是美好，它就越脆弱，所以蒲宁爱情小说的结局多是死人，仿佛爱情的祭品。如果朋友们没看过而又感兴趣，我推荐《米佳的爱情》——这是我看过的最美的爱情小说，还有《轻盈的气息》、《三个卢布》、《爱情学》，等等。至于他的自传体小说《阿尔谢尼耶夫的一生》，当然是公认的杰作。

读蒲宁

每次只要拿起蒲宁的书，就要遗憾，遗憾自己没有文学才能。每次拿起蒲宁的书，都要遗憾，遗憾自己不懂俄文，好在有了戴骢的译笔，这样的遗憾还能稍稍弥补。每次拿起蒲宁的书，都只有感慨，感慨这世界上还有人能把小说写得如此之美。蒲宁就像文字毒品，沾上了休想跑掉。世界就因为有这样伟大艺术家的存在，才更加美好。

匿名“英雄”

鲁迅先生曾说中国人习于合群的自大、个体的怯懦，这很有道理，但实际上并不限于中国人，而是人性本身，法国大众心理学家勒庞在《乌合之众》一书中就说到当个体藏身于群体的时候，就是无名氏角色，什么事都敢干，因为不需要负责任。所以人类盛产匿名“英雄”。

北京的几大特色

都城：中国的首都，也叫“受禅”（首善）之地；

赌城：全国各地的许多人到北京赌前程；世界各国政客到这儿赌连任；全球建筑设计师到这儿赌不朽；

堵城：北京是全世界马路最宽的城市，因为公共行政治理的高水平，所以也成了交通最拥堵的城市。

北京为何堵车

北京的拥堵现在名声在外，细究起来，这堵车几乎都是人为的：你看汽车开得像醉汉，是之字形的那种，堵了；前方不通畅，后车紧跟上，又堵了；你不让，俺凭什么让，大家伙亲密接触，众志成堵；行人、自行车还有那些手握特权的王八蛋（向王八道歉，真的不是有意冒犯，只是习惯上这么用，王八们别介意啊），红灯于我如浮云，这要还不堵，简直没天理了。

规则是大家一起破坏的

北京有些红绿灯，我感到很奇怪，因为行人要横穿马路的时候，常常发现一次绿灯给的时间是不够的，我在好几个地方都发现这个问题。于是我想，设置红绿灯间隔时间的人显然没有考虑行人的需要，这样的规定是不是很糟糕啊？当然！可是转念一想，设置的人也不是白痴，那为什么会设置成这样呢？只有一个解释：所有的经验告诉他们，绝大多数行人患有红色色盲症。大家破坏规则的结果，就是遵守规则的人吃亏，那么守规矩的人只好不守规矩，于是新的规则——就是不守规矩的规则诞生了。

××家

科学家、思想家、艺术家、政治家……通常人们将其解释为“精通某项知识或者技能，从而在该领域有公认的杰出成就者”。我以为，这种解释是成王败寇的唯物主义论调。真正的思想家、艺术家、政治家等“家”，在本质上都应该是精神性和灵魂性的表述，即他们是在思想、艺术、政治、科学等人类某项生活、社会或者思想活动中“安家”的人，以这些活动为终生志业的人，他们的成就只是在这些活动中安家的自然结果。

惆怅和感伤

所有非快乐情绪中，我以为，惆怅和感伤是最具审美价值的健康情绪，它们就像色彩学上的灰色——可以与任何冷暖色系的色彩搭配。所以，惆怅和感伤可以与欢乐并存，也可以与忧伤共处。它们既能跳出原本可能过于强烈的情绪，保持镇定淡雅的从容，又能超越因绝望而致的麻木与冷漠，保持心灵的敏感。因此，它们似乎永遠和大自然相关。

巨人与八股文

尼采从大学辞职，浪迹天涯，写下了《查拉斯图拉如是说》，于是他成了尼采；本雅明向大学申请教职，接着撤回论文，两年后他出版了《单向街》，于是他成了本雅明；哈耶克向大学申请教职而不得，因为他的《通往奴役之路》太畅销——不像学院要求的八股文那么无人问津，于是他只好继续做他的哈耶克。这些巨人都是在超理性的深度感性层面上创造——这是最高境界的理性和感性，是两者完美的结合，于是他们成了巨人。

生活习惯

人的一生不是由才华决定的，而是由日复一日的生活习惯决定的，世界上几乎所有杰出人物都有一些值得人称道的生活习惯。思想家的日常生活里，思考和写作就是他们的习惯，也许他们看上去很懒，但是他们的大脑可能从来没闲过，连做梦的时候都不放过思考——门捷列夫的元素周期表、埃利亚斯豪的缝纫机带孔曲针，都是梦中所得。

人生支柱

人非佛陀，亦非老子，所以很难无我、空我，难以得大自在。一般的人生，即使历史上那么多伟人，他们都是有我之作为。因此，人生从一般意义上，都需要一个我执，大约就是人生的支柱了。俗世人杰，多以各类所谓事业为人生目标，诸如成为政治家、活动家、慈善家、思想家、艺术家、科学家、企业家，等等，这在历史上便是较高一级的人生了。但绝大多数人的人生目标，他们的事业可能要小一些，但往往不脱“名利”二字。

在男权社会，社会环境往往不考虑女人的社会性事业，她们也就被塑造为以家为业，以丈夫为支柱、以子女为支柱，她们的依附性是被塑造的结果，这是残忍的——因为男人的水平从历史上看还不配获得这样的待遇，于是导致了女性屈辱的依附性人生，她们的人生支柱往往成为空花泡影。从这个意义上说，女性主义运动的正当性几乎无可置疑，除非哪天人类十分清楚地认识到，培育健康幸福的后代才是俗世人生最伟大的事业。

几种人生支柱

成道。从历史上看只有极少数才能达到如此境界；不过要是将那些在历史烟尘中消散的求道者算上，那就不计其数了。

俗世事业。为人类作出一些贡献，这是历史上一般伟人而非宗教性伟人的人生支柱。

爱情。缺乏上述两项人生支柱便会寻求爱情的寄托，无论男女都难例外，爱情能够把人折磨得七荤八素，就是因为这个原因，许多杰出的人早年无以摆脱爱情的羁绊，也是因为此。

子女。婚姻中的男女如果前两项都无以寄托,便会将人生支柱建基于此。

爱好。这是最后的退路了,哪怕什么都没有了,只要还有自己感兴趣的事,人生还有支柱,还能活下去。

如果从支柱的位阶上看,越是高位阶的人生支柱就越能涵纳低位阶的人生支柱,而低位阶的难以涵纳高位阶的。由于各个位阶的人生支柱中,有些存在着绝对冲突,所以,在人生各个方面全部圆满的人,可能只有那些于家庭日常中的求道者,可惜一般而言,历史不记录他们。

缘分

缘分有很多种,大约分为这么几种:

有缘全分:傅雷夫妇。这是老天给的,不必去分析,没有什么理性方法可追求。

有缘没分:林徽因之于金岳霖。这是人生常态,没什么好大惊小怪。

有缘半分:萧军萧红。先是有缘有份——老天给的,后来老天不高兴了,又收回去的。

无缘全分:林肯夫妇。这是怨偶,老天恶作剧的结果,从历史与现实来看,老天就是个调皮捣蛋的家伙,最愛开这种无聊玩笑。

无缘半分:秋瑾夫妇。先是无缘有份,继而老天可怜,就把他们分开了,结局还不错。

无缘无分:素昧平生的男女。这是废话,比较正常的人生。

幸福

为什么蒲宁得了诺贝尔巨额奖金后依然贫穷?因为他为朋友散尽千金。蒲宁说过:“只要还能坐在长椅上,遥望夕阳落山的景象,哪怕残躯断臂,我也会感到无比幸福。”这很像小王子在他的小行星上的生活,不是凄美,不是绝望,而是惆怅中的绝艳。这是真正艺术的人生,是幸福中的绝品,不需要多少财富就能过上幸福的一生。他确实做到了。

尊严

许多年前看到的一个小故事,一位日本清扫工清洗抽水马桶，清洗完了以后，她对马桶的卫生要求是可以从中捧起水来喝。这个故事令我感动很久，至今还记得。任何一个人只要尽心做事，在任何一个领域都可以做到最优秀，都可以过最有尊严的生活。

还有一个故事，一个公司职员工作失误，造成公司200万美元的损失，他很惶恐，去董事长办公室辞职，董事长拿起辞职报告，递还给他，微笑着说道："难道你造成损失了，就想溜走？回去好好工作！"从此，这位职员兢兢业业，给公司带来了巨大利益。这位董事长是个真正知人善任之人，职员也是一个有尊严、能感恩之人。

奥斯维辛集中营里，一位犹太人要举行一个宗教仪式，需要水，但当时没有水，于是他就用尿来代替，完成了这个庄严的礼仪。

这些故事都说明，人在任何环境和状态之下，都可以很有尊严地生活。

贤哲离世

佛陀。侧卧在拘尸那迦城河边的娑罗林，半夜圆寂。临终遗言："啊！众徒们，我告诉你们，顺服于死亡就是众生，当为真谛而奋斗。”火化后，舍利分为八份，分送八国造塔供养，现在几乎都在中国。

孔子。琴声悠扬之中，在躺椅上离开这个世界。

柏拉图。在喧嚣的聚会中，突然起身离席，独自坐到一个角落，走了。

马克思。“让他一个人留在房里还不到两分钟，当我们进去的时候，便发现他在安乐椅上安静地睡着了——但已经永遠地睡着了。”

临终前8小时，克里希那穆提说：“今天晚上我要去山上散步。我会走得很遠很遠。雾已经起了。”当天晚上9点，天空弥漫起大雾，克里希那穆提离开了世界。

2007年7月11日

九

人类的历史

人类的历史

奥修讲过一个笑话。某人在森林里迷路，整整一天也没找到归路，绝望之际，他在密林深处遇到另一个人，大喜过望，冲过去抱住陌生人抒情道："兄弟，我都迷路一整天了，遇到你总算有望了。"陌生人直挺挺站着，面无表情地说了一句："一天算什么，我都迷路一周了！"

人类的历史基本上是由这种迷路一周的人带着迷路一天的人走过来的。

水泥

每次出门看到正在地上浇的水泥，就想人类真可怕。

大地母亲原本可以舒舒服服自由呼吸,可现在全世界都给她嘴里塞臭袜子,她不能呼吸,不能说话。这作孽的人类像是要亡的样子。

人定胜天

2006年7月4日中午12点左右,河北文安发生5.1级地震,波及北京。我住在高楼,感觉明显,只觉得天旋地转,于是只好躺床上。可见“人定胜天”可能是有史以来最搞笑的口号。天地宇宙之间,人能算个什么?地球发怒,轻轻动个小指头,你就狼奔豕突、鬼哭狼嚎的,还胜天?真笑得人满地找牙。

星空

现在,人类可以在电脑上实现3000年以后的星空图,可晴天的晚上抬起头却可能看不见一颗星星,真叫绝!

文明

哥伦布发现新大陆，船即将靠岸，当地的土人跳进水里欢迎他们，哥伦布立刻把人抓起来叫他带路，他们把这叫做文明。

愿上帝饶恕你

许多电影里都会出现这句台词。某人做了不符合基督教义的事情，基督徒就会对他们说这句话。表面上，这是一句慈悲的话，而实际上背后的思维是这样的——你是异教徒，做了不符合基督教义的事，死后就会下地狱，我希望上帝饶恕你。慈悲吗？

相信还是知道

地球是圆的，火星的南北两极有冰帽，宇宙中有一种我们看不见的天体叫黑洞，DNA 的分子结构图是一个双螺旋，我们从空气中吸入的是氧气，中国领土的面积是960万平方公里……我们活在一个相信的世界里，很少有事情，我们是真知道的。苏格拉底说自己无知，这才是真知——虽然他很骄傲，但他有这资本，因为全雅典没有人比他更知道自己的无知。

没见过的都不信？

十年前一位学物理学的朋友跟我说："没见过的我都不信！"我问他："你见过唐朝吗？见过宋朝吗？"他无语，另一位朋友建议我这样问："你见过你爸吗？——见过；见过你爷爷吗？——见过；见过你曾祖父吗？……"如果一个人自信到了"没见过的都不信"——那真是太不幸了！不过这样的人实际上是不存在的，否则真要这么实践，他根本不能生活。

都是为你好！？

有部法国电影《都是为你好》。两个高中同学在一起聊天，A 向 B 抱怨妻子不够贤惠、父母不体谅，不久老婆、父母都遭谋杀，B 告诉 A“是我干的”！ A 愤怒：“为什么？”B：“给你解决难题啊，都是为了你好！”

这部电影寓意深刻，人的生活里有多少事都是在“为你好”的惶惶大言下发生的！所以茅于轼先生有句名言：“给你爱的人自由！”

杜鹃花之死

因为不懂花，浇水太勤快，家里的杜鹃花烂根而死，我很懊丧，尤其觉得对不起她。一盆枝叶泛着生命绿光的美丽，被我的无知杀死了。

无知的爱导致的灾难在这个世界上真是怵目惊心，比比皆是！而世界似乎基本上由此构成。

中国是不可战胜的！？

多年前听来一个故事。一位法国人在北京坐地铁，出了地铁站，他跟同行的人说：“中国是不可战胜的！”“为什么?”“因为愚昧是不可战胜的!”地铁给了他这样的印象。作为一个中国人我感到悲哀,更感到羞愧,但我更希望中国是可战胜的。

你的就是我的

父亲跟我说起件事,是他以前办私塾时候的。一个10岁的孩子拿了另一个孩子的铅笔和本子,那个孩子告状,这孩子感到很诧异,瞪着委屈的大眼睛,问道:“这铅笔为什么我不能用?”这下轮到我父亲诧异了。“不能拿别人的东西”,这是人生常识,现在有些父母,难道这么基本的教育能力都没有了吗? 看来是的!

指导孩子读书的资格

一位朋友去书店买书,遇到一位相识的孩子家长,我的朋友告诉他追遠堂能指导他孩子读什么书,这位家长问道:“他有孩子吗?”“没有。”“那他的话不能信,没孩子的人怎么能指导孩子读书!”

虽然世上总有人认为，作家讲风尘故事，就一定得去过烟花柳巷才能写。但这位家长恐怕还不至于这么蠢。有没有孩子之类的发问，只是个借口，他是在生气，他认为有人居然怀疑他教育孩子的能力，仅此而已。

父母对孩子的占有欲会害了孩子，盲目排外是一种无知。

自杀

我住高楼上，每次开窗户的时候，都会有一种跳下去的冲动——当然不会真跳。于是我想，也许现代科技在诱使人自杀方面有奇功异效。汽车、火车、高楼、天桥、电视塔，等等，这些让人觉得无助无力的东西，随时侵入人的潜意识：自杀吧、自杀吧，一分钟之后你就可以解脱了。如果控制核武器的权力交给一个人的话，恐怕地球难免一场劫难，可见分权制衡在核武控制中同样重要。

兵者，凶也

很多年前，因为社会治安的缘故，我曾带刀上火车。一路无事，但我忐忑了一车。原因在哪里？是因为我带着武器。人带武器就会处处幻想着不安全，于是就常有随时使用武器的冲动。警界常说带枪是最不安全的，因为带枪人最容易成为劫匪的攻击目标，于是他们比谁都紧张——这种恐惧足以使他轻用武器。蒙田就说过，暴力是因为恐惧！

坐公共汽车

出门坐公交车，10 次里有 11 次，我都是走到离车站大约 200 米的地方，车子从边上掠过，于是眼睁睁地看着它停下，再开走，1 分钟后我到达车站，等上 5 分钟、10 分钟，下一辆才到。人生的运气大抵如此，赶趟的事情很少，所以生活不能采取侥幸政策，没有侥幸，只有做好最充分的准备去等待。

2007 年 7 月 12 日

十

拯救母亲

拯救母亲

我们的祖先说得好："当官的爹不如讨饭的娘。"一定程度上说，现代社会比以往任何一个时代更需要称职的母亲，大量少年犯罪的案例以及问题少年，都从反面证明了这一点。所以，人类应该放弃数千年恶习，真正认识到母亲在人类全部生活中的核心重要性，为女性提供健康的教育和最好的关怀——既为她们自己，也为人类的后代，这样才可能使人类真正变得文明。

对母亲的剥削是最大的剥削

这是王东华先生的名言，我非常赞成，并且非常佩服他的真知灼见。人类最重要的生产,实际上不是物质财富的生产,而是人类本身的生产繁衍——这恰是生产的本义!母亲的重要性就建基于此。但是,人类数千年历史,却是压迫和盘剥女性的历史。从男权利益出发,既心知肚明母亲的重要性,又极度贬低女性的作用,男权之虚伪与野蛮莫过于此。然而,大部分人一直异口同声地说这是文明,我想改一下,至少这是不文明,实际上是野蛮,所谓文明史应当改称野蛮史才符合真相。

婚姻的规则

燕妮嫁给马克思是一个愚蠢的决定,马克思根本不能担当丈夫的角色,他只能担当思想家的角色,这种纯感情的结合给燕妮带来终生不幸。一对外人看来很幸福的夫妇,男的爱吃鱼头,每次让给妻子,女的爱吃鱼尾,每次让给丈夫,相敬如宾了30年,最后分道扬镳。

婚姻实际上有许多规则,但人们往往并不真去研究,都说“日子是过出来的”。我承认这话有正确的因素。但如果双方都仅仅靠感情来确定规则,我看容易出问题,可是都让位给理性制定规则,恐怕也是愚蠢的。两者必须结合。

月经关怀制度

专门针对女性的月经关怀制度，不知道西方发达国家有没有制定实施过。我相信这一制度将来会成为一项普遍的基本人权制度。它应当让女性在月经期间带薪休假，以及例假期间女性需要的其他关怀。

生活的平等与满拧

人和人的生活在终极意义上是平等的，只要这生活是生活者自己要的。中国人的可怜在于大多数人的生活并不是自己要的，而是社会、历史、国家、家族、家庭、制度硬塞的，就像被绑架时嘴里塞的臭袜子。于是人们永遠羡慕别人的生活，殊不知即使互慕者互换，羡慕依然不会消除。所以中国人几乎全都生活在满拧之中。

言论自由的两个步骤

电影《活着》里那位几天没吃饭的大夫，狼吞虎咽了七个馒头，再喝一杯水——然后就晕过去了，后来一辈子不再吃馒头。中国的言论自由也有点像这位大夫，将近 60 年没尝过言论自由的美味，如果一下子放闸，会出乱子。

我以为，要实现言论自由，分两步走比较好，第一步先争取一部《书报检查令》，第二步是争取把它废掉。第一步向第二步演变的过程，就是给社会留出训练理性能力时间和空间的过程。

人类三大推动力

财富、权力和性是构成人类历史的三大要素，这是美国女性主义学者艾斯勒的观点，我很赞成。财富解决生存问题，权力解决秩序问题，性解决生活问题，世界如此，国家如此，家庭也如此。解决好了这三个问题，家庭会幸福，国家会富强，世界会和平。可惜从家庭到世界，人类一直没解决好，将来会怎么样大致也不会意外。

友谊的妙处

我的朋友何海波先生曾说过，好朋友之间，赞美是真诚的，批评是真实的。这话很概括，很到位。所有杰出的人都是被夸出来的，所有进步都是发现缺点后修正出来的。

教师的职业魅力与职业道德

优秀的教师应该能得到许多同性学生的崇拜和异性学生的爱慕，否则教师的职业魅力有问题；如果教师滥用了职业魅力，那就是职业道德有问题。得到崇拜和爱慕后的教师，除了心存感激，还应当恰如其分地消除崇拜和爱慕，引导他们与自己人格独立地平等交流，平淡如水地君子交往。

讲台是针毡

我见过几十年不更新教案的所谓教师。

我以为，在讲台上授课的教师，应当时刻感到讲台是针毡，应该清楚自己的学识如果不是日进月长，那就没有资格在这上面待着，可是太多老师把讲台当募捐箱了，以为站在这个位置上，一辈子就可以衣食无忧。

知识人的选美

一位日本法学家很惊讶地问一位中国同行：你们的法学家是政府评出来的？

中国有各种各样的十大型荣誉称号，什么十大企业家、十大经济学家之类。且不说鲁迅批评过的这种“十全大补”恶习，我以为，民间评选倒也罢了，如果是官方的，知识人就应该自觉抵制。参与到政府行为中去争选荣誉，不够清楚自己的身份。

政府喜欢在知识人中间搞点选美活动，以便控制，知识人自己最好不要往上贴——不过有些人被选了美，却并不因此嘴软手短，那还算好样的。

好文字的标准

学界有些八股文，尽量使用术语写作，有些句子是完全用术语串起来的，那是坚决不许人看的意思。我以为，好文字就是干净简洁，不拖泥带水，还要清晰晓畅、明白如话，有节奏感、韵律感，不管哪种文体的文字，都需要这三样特质，才能达到文字的美感。谈及文字，文学大师蒲宁说，只要找到声音，就什么都有了。这声音，就是节奏感、韵律感，蒲宁的话适合所有语种。

文体意识

中国大部分写作者，基本上没有文体意识。他们往往用一种文体的语言方式写所有文体的作品，其中有些还是知名的杰出作家。例如李敖的杂文确实是第一流的，但他拿杂文手法写小说（《北京法源寺》），还号称要拿诺奖，就变成了大笑话。大牌如《读书》者，都登过一些不是论文胜似“论文”的所谓散文，大约是发表了几篇论文，便自信什么都能写的人干的，可见文体混乱，在知识界已经到了何等荒谬的程度。另有些人，文字想象力不错，他们的散文文字常有恢诡奇绝之妙，可是用这种文字写论文，岂不是越论越不清楚。

网络上曾有句流行的话，大意是长得丑不是错，出来吓人就不对了。这话，用来说人相貌太刻薄，用来形容文字倒是很贴切。

笑垮专制

“笑声拉开专制崩溃的序幕。”这是海涅的名言。老子说：“其下，侮之。”说的是末流的君王被人民侮慢，毫无权威可言。海涅的话跟老子异曲同工。昆德拉也发现了笑声有解构专制的妙用。专制的一大特征就是装孙子，逼迫人民只许哭、不许笑，处处做严肃状，表面俨然，内心虚弱。人们只要在心中藐视它，举重若轻地笑一笑，它就完了，毕竟是纸糊的——所以不要放过所有笑的机会，不管哪种笑！

家庭权力

男权时代是男主外、女主内，如果男人善良，有足够的责任心，这个家会不错。平权时代既可以男主外、女主内，也可以女主外、男主内，只要掌权者有责任心，并且善良，这样的家也会不错。最糟糕的是，男女双方谁也不让，谁都要权，又不知妥协为何物，大抵是一塌糊涂的。这说明两人以上的组合，就存在权力分立和制衡问题，婚姻不可能不成为制度，就是同居也不例外。

表象错位的本质

中学时，因为刘宾雁，我曾渴望将来做记者；大学时，因为丹诺，我又渴望做律师；后来，这两个职业都干过，都不喜欢。

十年前做律师的时候，有次和一位当事人吃饭，他向我敬酒说："我最羡慕你们当律师的！"我说，没什么值得羡慕的，因为你不了解这个行当。

在中国从业，有一大特点，就是一般而言，你会干一行怨一行。为什么？因为这个制度不提供给人最基本的自由，这种制度弥散在所有行业的所有角落，绝大部分人都不是在自己真正感兴趣的领域里工作——即使是他们感兴趣的，也常常会因为制度把人耗得筋疲力尽。

2007年7月14日

十一

在理性与冷漠之间

在理性与冷漠之间

真理智的人必然智中带情。他们细腻温柔，知道怎样的行为会伤害别人，就会小心翼翼，能够举轻若重，即使有了失误，也会因为知错而弥补。无情的人虽然总是用所谓的理性来抵挡种种事情，但效果上是无法被完全遮蔽的。他们所谓的理性，只是一件冷漠的斗篷罢了，斗篷所及，伤人无数，这种人在本质上是不善的。

理性与感性

人在本质上应当是感性的，不然，大约是不够可爱的。

人也有理性的可能性，人类历史走了几千年，大致证明，一点微弱可怜的理性能力，人类还是有的。所以，比较完善的人格是理性与感性比较协调地融和，既不被激情所癫狂，也不被冷漠所冰冻，从而情中带智、智中有情。

从错别字看人

几年前，一位相识不久的朋友发来文章，请我提意见。令我惊讶的是，全文一个错别字都没有。有趣的是，我最要好的几个朋友几乎都是如此（不过我自己还到不了这地步，虽然错字是比较少的），他们的共同特点是真心待朋友，对人对事都很负责任。前面说的这位朋友后来也是我的挚友。反过来看，有些人文章写得不错，但常常满篇错字，跟这种人交往往往有疾或者无疾而终——至少在我的交往中屡验不爽。

我不太相信人性是经得起考验的，所以不必也无权动不动就拿人考验。然而往往小事情就常能见出人品质，古人所谓“见微知著”，诚不虚也。

感情与情绪

人在许多情况下，会分不清感情和情绪的差别。情绪影响了感情，就以为感情上出了问题，而实际上感情没有变，只是情绪在起伏而已。从这个意义上说，感情虽然不可控制，但情绪是可以控制的。而人们通常的问题往往是感情被情绪所控制，奴隶主宰了主人，最终情绪也破坏了感情。

性格决定命运

所谓情商，就是控制情绪的能力。性格最核心的内容正好是情商的内容，所谓性格决定命运，换个说法就是情商决定命运，再说清楚一点就是命运受制于控制情绪的能力。以古今历史来例证就更清楚了。诗人的命运往往比较不幸，就是因为诗人的情绪几乎是不受控制的，太能控制情绪的人往往写不出好诗，胡适之先生就是个很好的例子。

乡愿

孔子说："乡愿，德之贼也。"意思是，伪君子就是窃取道德名声的人。不过，人性本身是复杂的，如果一个人伪君子做了一辈子，那他就是真君子，毕竟只有很具体的事情才能区分真伪。如果这样具体的事情没有发生，动机就变得毫无意义。

动机猜测

道德主义的一大毛病是动机猜测，甚至常常是恶的假定，这样人就会变得很不宽容，很刻薄，很挑剔。女性在直觉方面的先天能力使她们比男人更敏感，于是也就会显得更计较、更小气。现当代社会交往的重要规则就是尽量不作道德主义评判，这样社会交往的网络建立起来了，直觉的使用受到了约束，但是真相却往往失去了——道德主义是正确的，但它是有害的，所以真的未必美，甚至未必善。

爱情和婚姻

都说“婚姻是爱情的坟墓”，但我一位朋友（他的网名叫“门前流水”）很智慧地说“爱情是婚姻的坟墓”。从现实的一般经验看，这两句话都正确，两句话都在被千千万万人的生活验证。不过，宇宙世间，有阴必有阳，既然爱情和婚姻可以互为坟墓，那就说明两者也可以互为宫殿。虽然验之万人，不及其一，但毕竟还是有，至于你我他她，那就看老天是不是厚爱，自己是不是努力了。

夫妻睡相

不管多么恩爱的夫妻，两人拥抱着一觉天亮的，我不知道有没有，如果有，不知道能持续多少天多少月多少年。人只有在睡眠中最放松——如果不把死亡算在内，不知道是不是处于跟宇宙合一的状态。以我经验，真正深度的睡眠状态，只能是一个人的。人在终极意义上是孤独的，不能指望合一。

神秘的似曾相识

《红楼梦》里，第一次宝黛会，宝玉说这个妹妹我见过的——他们有前世的缘分，这是小说。不过，我听到过许多恩爱夫妻相识前相互梦见的故事。到一个新地方，突然觉得好像以前来过，这是许多人都有的经验，是梦中见的，这是唯一的解释；如果是前世，那么这个地方在你前世的时候是不是这个样子的呢？

人类许多心灵现象尚未得到科学解释，而宗教一直在解释——即使许多人不相信，科学又有什么能力反驳？

自我辩护与隐私暴露

所有探讨社会问题、生活问题的思想精神性写作，本质上都是在为自己的全部生活辩护，也是一种隐私暴露，越是诚实，隐私暴露得越多，只是人们一般无法直接从抽象的叙述中组合出具象的故事而已。

正是在这种隐形隐私暴露中，作者的生活得到了辩护。

所以，一切思想对立，都是生活方式的对立。

科学与宗教

科学以实验方法解释世界的真相，从中发展出许多技术；宗教则以神秘的个体经验叙说经历，于此备以解释世界的一格。技术说宗教是胡扯，宗教说你那是小道。两条平行的铁轨，各有功能，本来不应打架，如果只剩下单轨，我看这世界列车就只能停在原地，否则一启动，就出车祸。

单轨灾难

欧洲中世纪，基督教给他们带来单轨灾难，后来科学兴起了，科学把宗教逼回到它该呆的地方，再后来，科学单轨独胜，宗教更见衰落。于是，这个世界想把自己的火车改为独轮车，想怎么走就怎么走，于是谁也不知道会走向哪里。

人类在往死路上走

有个笑话说，某天文学家预测地球会在20世纪的某天爆炸，于是他变卖家产挥霍得不剩一个子儿，最后一天他等着地球爆炸。

人类照这样无度的挥霍资源，要不了多少年，就会寿终正寝。如果赶上做末代地球人，亲眼看到自己和她同归于尽，不知道该喜悦还是悲伤——我想还是喜悦比较好。

人欲

除人之外，世界上没有一个物种是春夏秋冬都有性欲的，可见人类的欲望超过所有物种。理论上说，欲望本无错，但需要节制，历史上所有的恶都来源于无度的欲望——无论什么样的欲望，权力、财富、性，只要无度都是灾难的渊薮。绝欲固然制造变态，纵欲同样变态。轴心时代以来，所有的人类智者都教导人们要清心寡欲，我想，也许他们只是希望人类对待欲望中庸一点。

商业的利弊

对待商业，中国古代历史中蕴涵着一些智慧——这从《史记·平准书》就能看出来。总体而言，按钱穆先生的说法，是政治上少干涉甚至鼓励，文化上压制，中国人能走五千年不灭当与此相关。现当代以来，中国经历了一个五千年没有过的国家精神病时代，商业一度被彻底取消，重新恢复以后，它泛滥无度，我不知道这种禁欲之后的纵欲反弹会持续多久。

佛教经济学

现代西方经济学追求利益最大化，以为这是经济学最重要的命题，关键不在这里，关键在于他们的“利益”往往是消费性的，于是利益最大化变成了消费最大化。但是佛教经济学却认为，经济学的目的应该是追求最佳状态，而不是消费最大化，以静心和人格清明为主旨的目的，使佛教经济学要达到的目标恰恰与西方经济学相反，即追求消费最小化，从最低消费中获得幸福，就是佛教经济学的精髓。

阿玛蒂亚·森虽然不是佛教派的经济学家，但他在经典经济学的理性人假设中，大大拓展了精神性内容，这是对现代经济学很重要的修正。

情绪周期

每个人都有情绪周期，每个人都可能在某段时间里生命力旺盛，在另一个时段里情绪低落。人们应该研究自己、了解自己，然后就会知道自己在不同的情绪周期该怎样调整自己。女人有很明确的月经周期，这基本上就是她们的情绪周期；而男人们没有这“天赋”，所以在许多情况下不知道自己的情绪周期，这也是一种无知——可能还是一种很严重的无知。

看到砍树的感觉

每次到山里游玩，只要看到砍树，我都会手脚酸麻，十分难受，好像刀子砍在我身上。这大约就是佛家所谓同体之悲吧。想起贝多芬曾经抱着树木花草哭泣，他说："你们都是我的兄弟姐妹。"人类对自然似乎越来越没有感觉，感谢老天给了我一颗还算敏感的心。

不信任的程度

若干年前，我去北京站送一位朋友。出站的时候，看到有人大包小包一大堆，因我两手空空，于是冒了傻气，打算去帮一个提着行李刚下车的中年女人。问她需要不需要帮她拿，她立刻很警觉地盯了我一眼，随后很粗暴地把手上的行李躲到一边，不让我的手碰到。我立刻醒悟过来，她以为我要骗抢她东西。我很无奈地承认，她是对的，我是错的——她凭什么信任我？

关键在于换了我是她，遇到这种情况也会拒绝。这个社会已经没有信任，无药可救。

2007年7月14日

十二

愛情的三种境界

爱情的三种境界

王国维先生在《人间词话》里说，古今成大业者，必经历三个境界。第一境界是："昨夜西风凋碧树，独上高楼，望尽天涯路。"第二层是："衣带渐宽终不悔，况伊消得人憔悴。"第三层是："众里寻她千百度，蓦然回首，那人却在灯火阑珊处。"观堂先生借此三句情诗比喻事业。我倒觉得这三句言情词，其本身用以表达爱情的境界也是再贴切不过。

最初分不清楚自己是喜欢上谁，还是爱上谁，所以开阔视野，漫山望去，鲜花盛开。到后来，终于一点点开窍了，发现自己固然可以欣赏很多人，但是爱只能是一个，伊是不可替代的，只能是伊，有过了这个伊，你再不会寂寞，心里满满的，愿意为伊做一切事情，所有的痛苦都是因为伊不需要你，于是你衣带渐宽。到最后，你的心突然终身一跃，跳出了具象的伊或者你自己，你没有伊也没关系，因为你已经会爱了，这就够了。蓦然回首，得到的是愛的能力。

男权历史的真实原因

至今为止的历史都是男权社会的历史——虽然近一个世纪以来，女性主义如火如荼，在有些国家也结出了一定果实，但不可否认大节上依然是男权社会的历史。

这样的历史是怎样造成的？各种各样的解释都有：两性体力差异、前现代经济活动的手工性、男性的暴力征服了女性，等等，不一而足。但是我以为都没有真正说到位。

我认为，现代生物学、生理学表明女性在月经来临之前一周到整个月经期间，情绪波动大，智力、体力各方面都下降，那么这意味着女人一生将近二分之一的时间里都处于情绪容易波动的状态，而且常常是智力、体力也同步处于不佳状态；而男性的情绪周期也是一个月左右，但其中只有三天左右的时间处于情绪易波动状态，这时体力、智力虽然下降，但并不像女性那么明显。

到此，可以得出第一个结论，总体而言，男人的智力、体力和情绪比女人稳定。如果说命运是由控制情绪的能力决定的——它当然结合了智力和体力的状态，那么，即使是完全平等状态下，男人的命运也会比女人更为平稳，不易变动，这是第二个结论，不过，这里不讨论例外状况，而是讨论普遍状态。

于是就会有第三个结论：男性主导这个世界有点天意的色彩，这是个悲剧。从历史上看，男性主导这个世界并不成功，也并不文明。因为男性在主导过程中，奉行了一种成王败寇的思路，不是去关怀女性，而是在剥削、压迫女性。子宫是一个最接近上帝的人类器官。在人类生活中，女性是美和爱的渊薮，尤其母亲这一角色无可替代，其重要性是父亲无法望其项背的，母亲比父亲更能够影响孩子的人格，更能够教给孩子根本性的真善美和爱的能力。因此，如果由女性主导这个世界，由男性辅助，也许更人性、更文明一点。因此，艾斯勒提出来的男女伙伴合作关系的倡导是正确的，甚至还可以再进一步为女主男辅——我倡导母性社会，当然男女人格平等那是不言而喻的。米诺斯文明证明了由女性主导男性辅助的母性社会不会导致女性压迫男性的后果，而是产生一种自然的和平协作；而男权社会的历史却一直在证明着男性压迫女性。自然界的哺乳动物在雌性动物生育之后，一般雄性动物就是辅助性的地位，它们显然更符合天道。男女平等并不意味着男人干什么就女人也干什么，因为这毫无必要，而且会带来灾难。关于这个问题，可参见我谈母亲重要性的条目。

总结上述观点，男女不同的情绪周期差异可能才是决定历史的真正原因，但是人类最好改变它。

可爱与可信

日常生活中，人们所渴望的那些美好，往往是无功利的——爱情、友情、亲情，而人们所经历的却往往不那么美好，爱情让人痛苦，友情让人失望，即使有些亲情也常常充满算计。王国维先生早年研究哲学，得出结论："可爱的不可信，可信的不可爱。"人世间事大抵如此。

从情绪周期谈夫妻之道

许多家庭的不和谐，我以为，跟双方不了解各自以及对方的情绪周期有很大关系。在经验世界里，我们可以很容易地发现，情绪波动是和谐的一大杀手，但是迄今为止的研究中还不够重视它。情绪周期一般是23天左右，女方从例假开始前一周持续10天左右都处于情绪容易波动的状态，男方则一般会持续三天左右。如果大家都清楚这一点，那么到了情绪低潮期来临之际，双方都会留心，并且关怀体贴对方，即使因为情绪低潮而发生冲突，另一方也不会认为对方找碴或者是无事生非，不但不会愤怒、生气，反而会更加体贴照顾，这时，矛盾就可能消除一大半。

我相信这种建立在生理学基础上的夫妻之道，也许比道德主义的说教更有说服力。

八字合婚与身心理周期

中国古人为使婚姻美满，通常会通过八字合婚来了解双方是否合适。这种做法在近代科技主义思潮下被视为迷信，而现代生理学所研究的生物钟现象却表明，夫妻之间的身心理周期如果不和谐就会影响夫妻关系，而这周期的起点依然是出生时间，实际上古法更好用——即使你不明白为什么。

恋人之间的权利义务

这个说法可能让人发笑，可是它就存在于现实生活之中，而且它是正确的，恋人之间确实存在权利义务关系。不过，感情中的事，正确的大多不可爱。感情的事最好用感情的方式处理，感情引起的问题，即使属于非感情的后果，也应该用感情的方式去解决。如果把两者搞混，那就会让人寒心。

不过，这显然是结束感情最好的方法——抑或借口？

恋爱能力期的三阶段

恋爱也是一种能力，人的一生有三个不同的恋爱能力期。

有两个时间段最适合恋爱。年轻时候，单纯，社会关系简单，充满活力，对爱情有最美好的想象，需要现实来浇一浇冷水；另一个时间段是老年，钱钟书先生说过老房子着火是没救的，歌德 82 了还向人求婚，杨振宁 82 了还结婚，这都是生命力的象征，老年人洞悉世界、返璞归真，最有天真烂漫的心。所以这两个年龄段最适合恋爱。

绝大部分人的中年，是最缺乏恋爱能力的年龄段。阅历多，社会关系复杂，心灵污浊，自以为成熟，把薄情当理性欣赏，还沾沾自喜；把真情当幼稚嘲笑，自以为居高临下。一切都精打细算，一切都在可控状态中，在感情的天平上添加各种附加物，不把爱情活活累死决不罢休。不过，要是中年人也能投入爱情而不失理性，那当然会有最完美的结果，但是不是太理想主义了？

我正在步入中年，不知道会变成俗物，还是变成情圣？

爱情是不是奢侈品

爱情不能被视为奢侈品，它可以淡，也可以浓，唯独不能不真；在两个人的世界里，它可以被珍藏，却不可以被冷落；它可以被争论甚至争吵，但不可以被回避。在夫妻间，它常被视为奢侈品，但是在恋人间，它却只能是必需品。

避孕套

如果不是为了生育，性生活仅仅限于女性不能怀孕的时间里发生，将会是适当的。老天给人的就那么多，如果我们想多要，就要付出代价。以前，由于男人的不自律，这代价都由女人来承担，这是不公平的，甚至是残忍的；现在人们似乎能够比以前公平一点，但避孕套隔开的不仅仅是疾病、身体，还有节制和精力、信任和自然。

做爱

可能是因为性解放思潮，也可能是因为女性主义思潮的影响，人们越来越重视性生活在婚姻中的重要性，法庭上也将这一条视为婚姻是不是该结束的重要砝码，这本没有错。

可是到底性生活有多重要？什么样的性生活才是健康的、美好的。无论中外，很多人只是把成功地性交作为性生活美好的象征，我以为这是扯淡。性生活本应该是两人相爱的全部——是做爱，至少不仅仅是一个人的器官进入另一个人的器官排放体液。袋鼠做爱之前会“祈祷”，会“对天盟誓”，孔雀知道用美丽的羽毛吸引对方。如果没有亲吻、拥抱——最关键的是这一切行为中的深情款款、无限关怀，那么性交只是性交，不是做爱——没有愛，靠做是做作不出来的。人为什么已经退化到动物不如的地步了呢？

罗丹雕塑巴尔扎克像，请学生观赏，有人盛赞这双手雕得真是完美，罗丹二话没说，拿起斧子将手砍掉，我们现在看到的这尊《巴尔扎克》雕像就是没有手的。任何局部的完美如果喧宾夺主，都会变丑。

某些国人对性生活的重视程度，就颇有被砍的雕像之手的味道。

情感教育

这是中国当代教育中最缺乏的，亲情、友情、愛情，各种各样的情感教育，在当今中国的课堂里基本上听不到。与之同步的是性教育这几年如火如荼起来，我以为是舍本逐末。没有情感教育作为前提的性教育，只会产生不负责任的性混乱。如果仅仅是性混乱也不可怕——我还不至于那么古板，可怕的是性混乱必然带来无穷无尽的社会问题——强奸、单亲妈妈、性病蔓延、凶杀、毁容，谁知道还会有什么？

情感的极限

无论哪种情感，极限是美。一个具有审美能力的人，往往品质不至于太恶劣，哪怕他的天性并不很完善。所谓"情人眼里出西施"，只要爱情发动了，爱人就是美的化身。所谓"儿不嫌母丑"，只要母亲爱孩子，孩子眼里的妈妈一定是最美的，这跟长相无关。可见，"色"即是空，空即是"色"。亲情、爱情如此，友情也是如此，最终的交往是人格的交流，所以持久的友谊必然至少有一方的人格是高贵的——而高贵就是美本身。即如康德所言，人们追求崇高还因为崇高具有审美价值。

亲戚

人和人之间所有的社会关系中，我最受不了的就是亲戚关系，还有姻亲产生的关系。前者往往最反映中国人相处的虚伪——明明没有什么交往的兴趣，却一定要来往，还要做开心状（当然，确实感情融洽的另说）。中国人的婚姻，至今还是家族联姻，只有在性生活的意义上，才是两个人的，而无论男女双方的家庭对另一方而言，基本上只是名利检查站和验收站，这可能是正确的，也是理性的，可是我不喜欢。

瞬间与一生

“去年今日此门中，人面桃花相映红。人面不知何处去，桃花依旧笑春风。”这是五代诗人崔护的名作《题都城南庄》。

“清江一曲柳千条，二十年前旧板桥。曾与美人桥上别，恨无消息到今朝。”这是唐朝诗人刘禹锡写给伊人在水一方的《柳桥》。

“这是真的。

有个村庄的小康之家的女孩子，生得美，有许多人来做媒，但都没有说成。那年她不过十五六岁吧，是春天的晚上，她立在后门口，手扶着桃树。她记得她穿的是一件月白的衫子。对门住的年轻人同她见过面，可是从来没有打过招呼的，他走了过来。离得不遠，站定了，轻轻的说了一声："噢，你也在这里吗？"她没有说什么，他也没有再说什么，站了一会，各自走开了。

就这样就完了。

后来这女人被亲眷拐子卖到他乡外县去作妻，又几次三番地被转卖，经过无数的惊险的风波，老了的时候她还记得从前那一回事，常常说起，在那春天的晚上，在后门口的桃树下，那年轻人。

于千万人之中遇见你所遇见的人，于千万年之中，时间的无涯的荒野里，没有早一步，也没有晚一步，刚巧赶上了，那也没有别的话可说，惟有轻轻地问一声：'噢，你也在这里吗？'"

这是张愛玲的散文《愛》。

也许，只有在情感的审美中，而不是情感本身，相对论才是现实可能的。

躲避崇高

打扮得很端庄的性工作者，到处公开揽活，人们于是厌恶端庄，这到底是端庄之过，还是淫行之恶，再不就是厌恶者本人眼神不好，或者脑子进水了？

确实，躲避崇高已是这个时代的主旋律。在发起者那里，原本只是一种策略，而它现在却成了目的，这未必是发起者原初之意——对王朔们我一直怀有敬意，至今依然。借崇高之名行罪恶之实，如果不敢直面罪恶，或者没有麦克风可以让你直面罪恶，所以，只好躲避崇高！

端庄依然是美好的，它永远都是美好的，尽可能不朝她泼脏水，实在无奈，也只能是权宜之计。看客该明白，泼脏水的人真正想泼的只是行淫者，不是端庄。

理想主义(一)

伴随着躲避崇高，理想主义也居然成了贬义词。理想主义随时代因人而变，没有统一标准。我们很难说，一个人希望自己用勤劳挣下一份家业，就不是理想主义；我们也很难讲，一个人希望社会变得更人道，就是空想。只要不害人，就是空想也是美好的，艰难中人往往就靠着这份空想活下去。

理想主义(二)

一张纸烧着了,腾起一片火光,但瞬间就灭了,剩下灰,随风而去;一块炭点燃了,它没有灼人的光焰,但静静地高温,烧了一个小时。

浅薄的理想主义像点着的纸,在现实的夹击中,变成随风而逝的灰;只有那些纹丝不动的人,才能持守着他们的寂寞和无助,用全部的体温去完成自己的燃烧,这才是深刻的理想主义,也是真正的理想主义。

2007 年 7 月 15 日

十三

上帝是个酒鬼

上帝是个酒鬼

上帝造人的时候，在天堂门口摆放着很多大锅高鼎，里面沸腾着各种东西，有智慧、美貌、财富、爱心、审美，诸如此类，不一而足。上帝塑完泥胎子，就会从那些锅鼎里各舀一勺灌进泥胎脑袋，人就活了。造人是一件很枯燥的事，因为他只是按照配方，千篇一律地造人，于是上帝他老人家就在自己身边放了一个酒壶，造人烦了就喝一口，有时兴起就喝醉，这时造的人，往往因为勺子拿不稳，乱舀一气，于是天赋各异、美丑有别、善恶不均的人就出现了，他们都是上帝醉酒的产物。

醉酒测情

偶尔的醉酒——尤其是那些因劝酒压力下的醉酒，常能测出友情的酒精度、夫妻间的情分深浅。醉酒的人，即使不发酒疯，也会给清醒的人带来麻烦，他们需要照顾，他们可能会呕吐、可能会说胡话、可能会摔坏东西，总之麻烦。这时如果朋友表现出嫌恶的态度，那就不是真朋友，夫妻之间对醉酒者表示厌恶，说明情分很浅。如果感情深，无论友情、爱情，都会怜惜、心疼醉酒者，他又不是故意的酗酒者。

婚姻中的财富与感情

婚姻既需要物质基础，也需要感情基础，两者不能偏废。物质基础太差，当然会影响感情——即使很好的感情，以致影响婚姻；但感情基础差，除非抱着依附心态，不然对婚姻影响更大。

套用孔子的话，“财情彬彬，然后婚姻”，但是这么理想的婚姻毕竟不多见。历史上倒有不少财少情多的婚姻佳话，可见，还是佛教经济学比较有道理。人在物质财富面前的需求，只要最基本的能满足，伸缩余地是很大的。

婚姻的两种类型

从许多不能到头的婚姻中，我发现了两种类型：一类是同甘型婚姻，它们绝大部分基础建立在物质丰裕条件上，包括健康、财富、美貌，这类婚姻只要不遇到什么风浪，表面看很风光——甚至很和谐，但一有风浪，立刻完蛋；还有一类婚姻是共苦型婚姻，这种婚姻最初没有很厚的物质基础，也看不出夫妻关系是否高质量，但他们能够一起奋斗，摆脱困境，奋斗成功了，婚姻也结束了，有道是："男人有钱就变坏，女人变坏就有钱。"

比较理想的婚姻总是夫妻能够同甘共苦的。人活一辈子，一般不可能永远富贵，也不可能永远困顿，势利眼和过度的欲望都是婚姻的终结者。

主动分手者

一般而言,恋人之间提分手,在正常情况下,谁提都一样,就好比打架,谁先动手真是不重要,因为这只是压垮骆驼的最后一根稻草而已。那些不惜缘的人、爱不下去了的人,即使不主动提分手,但他们的冷漠和寡情足以使对方忍无可忍,于是提出分手——这是无奈的、最后的自卫。

审美脆弱

我写过一些时评,批评过一些丑恶,我与一些不合理的制度也常常不合作,于是就给一些朋友带来误会:他们以为我很有社会责任感。这种误会我需要澄清,深究根本,我以为我与社会责任感无缘。几乎所有情况下的愤怒与痛苦,都缘于纯粹自己个人的一种脆弱,一种审美脆弱——我只是见不得丑恶、受不了丑恶,对丑恶高度敏感,正如我对美也高度敏感一样。因为美娇嫩、柔弱,而经不起任何破毁行为,所以,丑恶就变得令人难以忍受。于是审美脆弱导致了挑剔、刻薄，在有些人眼里，我可能放大了这种感觉，而于我自己则是完全真实的。

爱情与爱情审美

许多人会将感情审美与感情本身混淆，这往往出现在艺术气质比较重的人身上。徐志摩与陆小曼结婚时，就有人担心徐志摩只是爱上一个幻觉，而不是一个具体的人。《月亮与六便士》里的那个画家斯特里克兰德（原型是高更）拐走了恩人画商的妻子后，不多久就抛弃了她，因为，她在画家眼里只是个模特儿，从她那里榨出画作，她就没用了。爱伦坡写过一篇小说，讲一个画家拿老婆做模特儿，把她活活饿累至死。他们为了艺术会惨无人道！

艺术气质重的人往往分不清自己到底是真爱上一个人，还是仅仅躺在自己幻想的港湾里，想象自己爱那个人。

感情需要审美维度，不然乏味，但是如果完全被这审美蒙蔽，那就只能收获痛苦、失望，害人害己。

爱情为何易逝

爱情易逝是因为审美度太高，一切审美度过高的东西都是脆弱的，娇嫩的，于是易逝。自然界植物花卉的开花结果期在证明这一切。人类的女性，那种纯真无瑕的形容之美，往往也只有短暂的数年，因为美没有“最”，只有“更”。那塔尖上的美当然是易碎品，爱情与人类两性的其他情感相比，就是这塔尖上的东西。

审美调整

追求审美的人生原本是正确的，但过度了就会有后果，所谓不食人间烟火——这往往既是一种讽刺，也是一种赞美；既是一种不屑，又是一种钦佩，它太复杂。比较合理的人生，应该是物质基础与精神审美基本同步。那种除了敛财，别无他好的固然是铜臭俗物；而除了艺术，全无其他生活能力的，也不是有价值的人生。两者应当均衡，这也是一种“文质彬彬，然后君子”。

仰望星空

城市的空气污染得像蒙了帐子，我们很难见到星空。然而一旦天朗气清，我们仰望，就能够见到那浩瀚，在云彩的上面，在浩荡天风的上面，那就是宇宙，那就是使这个星球成为沧海一粟的宇宙。那里有无数眨眼睛的恒星，还有放着各种彩色光芒，踽踽独行的行星。当你用天文望远镜观察他们的时候，你将领略到另一种激动，另一种感动，还有你自己的渺小。

依赖性与竞争性生存

一个老美到北京旅游，从机场到宾馆的堵车使她得出一个结论：在中国生存必须“抢”，抢路、抢一切资源，否则你就会过得比别人差，比别人不好。

现代生活在本质上是人们之间全面的相互依赖、相互竞争，所有人都必须将自己的幸福建立在剥夺别人的基础上，这种生活方式的确令人厌恶，但是谁也不能摆脱。人类生活已经变得如此可怕，如此可憎，庸俗资本主义带来的所谓竞争严重地束缚着人类的基础生存，可悲还是可怜？

生活的艺术化

有个故事说乾隆下江南，在金山寺顶，看着长江上过往的航船，问寺院主持道："船上都装着什么？"主持漫不经意地答道："船上所盛，无非名利二字。"

近八十年前，画家、中西合璧的大艺术家林风眠先生，提出了社会生活的全面艺术化主张，可惜这个倡导被后来的历史所中断。

现在林先生的倡导也许更真切地显示出它的重要性，因为人们的生活已经更加的非艺术化，庸常之恶与庸常之无意义，在社会任何一个角落，弥散在人们的生活之中。"活着一名利"模式已经变得如此天经地义，变得如此不需质疑，我们的生活离艺术越来越远了。

大城市的忙碌和紧张便是"活着一名利"模式的最好注脚。

生活如何艺术化

林风眠先生所倡导的生活艺术化，是一种对生活闲适、审美以及高雅、情感化的倡导。而克里希那穆提则更进一步提出，生活的艺术化是"无我"，他认为一个艺术家只要为了"我"之名利，艺术便死亡。于是从这个意义上，克里希那穆提提出人们应当将自己所做的任何一件事情，都充分地艺术化——不起争竞心，不起拒绝心，不起厌恶心，让自己的心灵处在无我之中，全身心地投入它，完成它，热爱它——这时你不管做什么都充盈着快乐与幸福。

比较而言，林先生的想法和倡导，实现起来容易一些，而克氏之倡导实在难乎其难，只有对人生有很高修为的人才有可能。

内在自由与外在自由

蒲宁的名著《从旧金山来的先生》，讲一个商人，靠着剥削雇佣来的数千名华工，成为腰缠万贯的大富翁。50岁那年，他带着家人周游世界度假，准备开始享受辛苦了一辈子挣来的钱，结果在意大利的一家旅馆中风而亡。

物质财富的无度敛取把一个人变成了奴隶，他的巨额财富仅仅成了衬托他不自由的背景存在——在死亡面前，没有贫富贵贱。

康德就区分过内在自由和外在自由。现代社会是一个满口答应给人提供一切自由的时代，可是我们越来越发现，随着外在自由的不断拓展，人类资源的有限性决定了，这种外在自由拓展的结果是竞争、依附与战争。而像狄欧根尼那样坐在木桶里对亚历山大大帝说“请让开，别遮住我的阳光”，这样的内在自由不知何处寻找。

人类被赶出伊甸园的原因

亚当夏娃被蛇即撒旦诱惑，偷吃禁果，于是被逐出伊甸园。一般认为，他们被逐出是因为知善恶。我以为人类被赶出伊甸园的原因不是知善恶、有智慧了，恰恰是因为他们的知善恶不是智慧，而是失去了智慧。亚当夏娃吃了禁果以后的第一件事是遮羞——羞涩在本质上可能就是不自然的。撒旦本来是天使，因为傲慢而成了撒旦，撒旦引诱人类走出伊甸园，人类也因此傲慢，才有了自诩的智慧和文明。

庄子讲过的那个故事，混沌开窍，七日而亡，也是因为失去智慧而亡。

性嫉妒的来由

性嫉妒几乎是人类不可避免的一种嫉妒。奥赛罗的故事可谓最完整清晰地表现了人类的这一劣根，它所引发的恶果在现实中，在历史中早已罄竹难书。那么这一人类的特性到底来自何处？是先天的，还是社会历史文化塑造的？从大量人类学方面的研究中，我们或可探知，性嫉妒不是人类的天性，而是社会历史文化——主要是伴随着财产制所产生的性伦理发生的，否则何以解释男性爱斯基摩人款待朋友的方式之一就是请自己的妻子与朋友共眠——而这也是他们的财产制下性伦理的产物。

丢伞与忘恩

今天吃饭的时候又差点丢了伞，因为去的时候下雨，回来的时候雨停了。人容易丢伞，我想也许是因为伞仅仅是工具，只有下雨的时候或者需要遮阳的时候，它才有价值。可见，人在本质上也许是忘恩的——不需要的时候，人们是不容易想起受到过的恩典。过河拆桥自然是一种恶德，这是恩将仇报，可是忘恩只能算是一种普遍的人性。只是人是有伦理的存在，因此，忘恩就被认为是不好的行为，通过伦理的教育以及人际互助的需要来纠正忘恩的天性。

战争与和平

康德渴望有朝一日人类能够永久和平，还提出具体的制度性設想。许多人也这么想，我也曾这么想。但是看了一些人口史方面的资料，我就怀疑，永久和平是不可能的。因为人口发展到一定程度，资源与欲望的冲突就不可调和，这时要么瘟疫，要么战争，上帝减少人口的方式很便捷。现代资本主义，尤其经济自由主义的最大特点，就是鼓励人们尽最大能力，掠夺地球资源，用于浪费。从这个意义上说，美国式的生活是可憎的，因为它在加速世界的匮乏和不安全。

十四

幸福是自己给的

幸福是自己给的

幸福并不来自他人，虽然他人也不是地狱——只有萨特的他人才是地狱。如果你自己不能给你自己幸福，那么他人也不可能给你幸福。一个自己不幸福的人不可能给别人幸福，也不可能获得别人给他的幸福。

幸福是一种假设的真实

人生在本质上是虚妄的，正如世界在本质上是虚妄的。正是它的虚妄性决定了它的神秘性，也正是它的神秘性决定了人的选择性。于是，幸福才成为一种选择，而不是必然。许多人可能不幸福，这固然有种种社会原因，但是我以为最重要的原因并不在别处，而在他们自己的内心深处。如果人能够清晰地意识到世界的虚妄性，就能将日常生活中的痛苦视为一种虚妄，并通过努力将它转化为幸福。这时我们就生活在幸福之中，这是一种假设的真实。这很残酷，但必须这么做，否则幸福不可能降临。

善恶至情至性

相爱过的人分手了，有的保留了双方最美好的回忆，友谊持续了一生，这是愛情消逝后的理想，许多人都做到了。有的虽然双方不交往，却依然关注从前的愛人，在所有可能的情况下帮助对方。然而有的人却保留着对对方最恶毒的思念，挖空心思害对方，甚至利用对方的善意去伤害。后两种人都是至情至性者，但品质上判若云泥，最极端者便是这两种人居然曾经相愛。

善者无悔，怜悯对方；恶者泄恨，欲置对方于死地而后快。人际距离常常遠大于人和动物的距离。

善有恶报!?

有历史学家曾说过,善有善报,恶有恶报是最大的谎言。这话悲观,却真实。人世间总有一些事,天道渺茫,漫难寻迹。《六度集经》里有个故事说,佛有一世是菩萨,由于他行大善引起天帝的惊恐,于是天帝幻化为一座地狱给菩萨看,威胁说:“你看见地狱里那些人了吧,他们都是因为像你一样行善才堕入地狱的。”菩萨说:“如果行善会下地狱,那我就下地狱好了。”即使善有恶报,也要行善,这对追求至善的人而言是不会改变的,它是一种信念,与果报无关。

特丽莎修女最感动我的话,就是她那句:“愛到受伤。”在这种大愛大悲中的人,心口流血的深伤巨创,只是提升他们人格的资粮。

当下的生活只是过渡

成年以后,人总有遇到各种各样的事,有顺心的,有不顺心的。而所谓“人生不顺心事，十之八九”，对于绝大多数人而言，确是如此。人在本质上是活在过去和未来，回忆和希望构成人生的全部，当下反倒是个过渡甚至是假象。心理学家发现缺乏美好童年回忆的人容易自杀，原因即在此。

男女两性的差别

两性差别在本质上而言，不是器官差别，不是身体差别，而是生活倾向的差别。男性更社会化，女性更生活化，这不是历史的产物，而是性别自然的产物。这是女人有子宫，男人没有子宫决定的。社会化导致了表面合作以及对外战争的倾向，生活化导致了内在审美与对外合作的倾向。

活在别人的人生经验中

在一次电话中，我的朋友吴晓畅女士说了一句：“我们都生活在别人的经验之中，别人也活在我们的经验之中。”

确实如此，小时候我们活在父母的经验之中；长大了，我们活在周围朋友同学同事的经验之中，他们也活在我们的经验之中。人生就是这样走下去，社会也是在无数代人的经验中构成。

感情的独立性

任何失去独立性的感情，都会被糟践，被视为一文不值。但人有情绪上的脆弱，一个意识到这些问题的人未必能够清醒地行动。一个人可以为了爱人去粉身碎骨，但他依然必须在情感上独立。在情感上独立，意味着他的幸福并不依赖于他人，他人可以增加他的幸福，但不能减少他的幸福。如果别人能够减少他的幸福，那么他的幸福依然不是建立在独立的自己身上。如果别人能够减少他的幸福，那么他也就不可能幸福。

爱情的信念

我的朋友沈岿先生曾说："爱情就是信仰！"应当为这

句话喝彩。世界是虚妄的，它必须依靠我们的信念变得真实。人生也因此变得需要各种各样的信念。如果你失去了对友情的信念，你就不会有朋友。如果你失去了对亲情的信念，那么你在灵魂意义上、在感情意义上不会有亲人。如果你失去了对爱情的信念，你就不会有爱人，有了也会失去，这远不如暂时没有爱人却有爱情信念的人幸福。而有了坚定的爱情信念，尚未有爱情的人会因此而变得光芒四射，它将对周边充满吸引力，于是伊想要的爱情就真的可能到来。

所谓爱情的信念，也就是你可以为某一个人做所有的事情，甚至可以为他/她粉身碎骨。虽然这只是一种信念，但没有它，你就不会有爱情。有了它，你不必真的粉身碎骨，但你已经幸福了。

抱歉，我不能给你幸福

这是拒绝求爱时经常出现的话。于拒绝的人而言，这是一种真诚的歉意，一种善意而无奈的表达，反映的是拒绝者的教养。但是，于被拒绝的人，必须拒绝这样的道歉。接受这样的道歉意味着将自己的幸福建立在他人身上，这是危险的。这是嫉妒、因爱生恨等许多不良心理和行为的来源。只有人格完整、独立的人,才有可能愉快地接受求爱被拒绝的事实。这种愉快不能是强拧出来的,必须是真心这么想,才是可靠的。它建立在这样一个信念基础上:我本来就是幸福的,如果有了爱人就给幸福锦上添花。

情感敲诈

情感敲诈是到处存在的一种普遍现象。情人与情人之间,亲人与亲人之间,朋友与朋友之间,到处存在,但是人们并不清晰地了解它。甚至我们可以说几乎所有人都曾经被情感敲诈,所有人也都情感敲诈过别人。它表现出来的基本特征是,因为我对你好,所以你也必须对我好。我们基本上就生活在情感敲诈之中,差别只在于程度而已。

爱情是宗教性的

求爱被拒绝,于是霸王硬上弓,这已出离敲诈,差不多是生番级别的,不予讨论;求爱被拒绝,于是告诉对方自己多么痛苦，去换取同情，把同情镀金成愛情，好比小学生不肯上学，骗妈妈说肚子疼，就可以留在家里了。检验一种情感是不是愛情关键在于付出的愿心有多重。愿心有多重，愿力就有多大。真正的愛情必然是宗教性的。而宗教在世俗化，在衰亡，所以愛情也就在衰亡之中。

婚情

婚情是一种独立的关于婚姻中男女的情感。它不是单纯的愛情，也不是单纯的亲情。它是友情、愛情、亲情三位一体的产物，是一种区别于其他任何情感类型的独立情感。其中，友情代表了一种为婚姻共同体付出的能力，也是面对社会时的一种能力；愛情代表了两性之间的吸引，是婚姻生活中艺术性、休闲性的内容；亲情则代表了婚姻中日常生活的和谐能力。婚情是好婚姻的灵魂，组成它的三者缺一不可。

残缺的婚情

大多数我们所能够见到的婚姻，基本上是由一 个残缺的婚情引领的。

第一种残缺的婚情，是友情的匮乏，靠着爱的激情建立起来的婚姻，往往还算是比较好的婚姻，但它的持久性往往经不起考验。现实中有不少这样的离婚案件，往往是因为缺了友情，所以无法解决家庭的风波，也无法面对社会的冲击。

第二种残缺的婚情，是爱情的匮乏，这也是常见的社会病。《手机》里那句名言，所谓审美疲劳就说得很到位。爱情是艺术性的，所以它需要滋养，需要更新，它是最娇贵的，而对家庭的美丽方面起着决定性作用。但许多家庭不懂得这一点，就导致了爱情的衰亡。即使婚姻存续着，但也变得疲惫不堪。

第三种残缺的婚情，是亲情的匮乏。这往往与生活习惯相关，也与处理家庭关系相关。例如一方完全不关心孩子，或者完全不关心对方家庭的长辈亲戚等，这些都会导致家庭危机。

在残缺的婚情指引下，现代家庭危机四伏岂非必然。

婚情的核心是品质

一个好的婚姻，决定于好的婚情。友情、愛情、亲情三位一体的婚情，缺了任何一项都会导致婚姻的危机。而这残缺的婚情，其最终残缺的原因并不来自个性之类心理范畴的问题，而是来源于品质的差异。因此婚情的核心是品质。

好婚姻的基础条件是两个人的好品质

这是一个淡化道德品质重要性的时代，于是离婚率上升就一点都不奇怪，虽然还有其他因素在其中。好婚姻有个基础条件，就是两个人的好品质。如果人品足够好，友情就能够建立起来，哪怕本来没有这种友情基础——《三峡好人》里那个花钱买老婆的人，虽然女方被解救，但最后还是与男方重圆，就是因为这个男人仗义，亲情也随着建立起来。即使愛情无法建立，它也能够维持婚姻的稳定。而品质带来的付出，付出带来的感动，谁说就一定不能改变两性之情呢？人和人的吸引最终决定于灵魂，决定于人格。许多婚姻解体的借口是个性不合，我以为基本上是胡扯。愛情的不成功可以归之于个性，但婚姻的解除，尤其在有孩子的情况下，就不能简单归之于个性了。

婚姻中的品质

好婚姻必须是两个人的品质都好。一方品质好，另一方不好，其结果就是一方长期付出，另一方则是享受，时间久了，品质好的一方无法忍受，婚姻就会解体。两方品质都不好，那点来自性的吸引花光了，利益纷争水落石出了，婚姻也就随之终结。

在婚姻中，我们对人的品质要求只能是比较好，而不是圣徒式的好。后者是圣徒的炼狱，没有多少人能做到，也没多少人有权利享受。所谓比较好，也就是有基本的付出能力，愛的能力。过分自私便是恶德，只会享受，不能付出，任何一方如此，都容易导致分手的结果。

好婚姻必备的品质

好婚姻需要好品质来奠基，两个人都有较好的品质，这个婚姻才有可能白头到老，不中途夭折。那么哪些品质是好婚姻必备的呢？

善良，至少对妻子、丈夫以及其他家人必须善良。

忠诚，至少对妻子、丈夫以及其他家人必须忠诚。

肯付出，至少对妻子、丈夫以及其他家人必须肯付出。

这三项都是根本性的品质，至于责任感、宽容、进取心，这些都是从上述三项中派生出来的。虽然这些品质看上去可以仅仅是针对家庭成员的，但实际上人的行为一般而言有一贯性特征，对家人如此，对外人也往往如此。因此，这些品质不仅仅是家庭性，也是社会性的。

如果一定要给这三项品质再概括一些，无非就是少私欲而已，即佛家所谓“贪”——为三毒之首，这不是没有道理的。

从占星术看爱情的持久性

在占星术上，我们可以清晰地看到，几乎所有人的行运都不是同步的。从占星术的推运盘上可以最清晰地看到，相爱的爱情，其来临往往是因为两个人的感情运势同步进行了，而这样的同步时间往往是短暂的，因为两个人星盘中行星影响不可能完全相同。所以爱情本来就不是持久的情感，这就解释了海誓山盟的暂时性。这也就否定了所谓婚姻是爱情的坟墓，应该说爱情本身就是爱情的坟墓。既然人有生老病死，那么爱情也一样。

从占星术看如何维持婚姻稳定

在占星术上，可以看到爱情有活跃期，也有休眠期，这从个人的推运盘和婚姻合盘的推运中都能看到。那么，理智的婚姻会在爱情的休眠期，注重于友情和亲情的加深，而在爱情活跃期则更侧重于休闲的、艺术性的爱情培养。婚姻合盘好差的重要性在于婚姻基础的巩固与否，例如两个月亮合相的男女，他们最容易心心相印，而金星合相则有着相同的品位和愛好，水星的合相则使得交流了无障碍，太阳的合相是世界观的统一。有了这些和谐相位，两个人自然就如神仙眷侣，在遇到逆境时也往往比别人的婚姻更有抗压的能力。不过，有了好的合婚盘就以为可以高枕无忧也是幼稚的，所有的好事都不是天上掉下来的。任何一个好的合婚盘照样有负面因素，如果仗着合婚盘好，就不投入身心去营造好家庭，去避免不良因素，再好的合婚盘也阻止不了原本可能只是暂时的离婚念头。

2007年12月13日

十五

法律是社会的救生圈

法律是社会的救生圈

不会游泳的人掉进深水，这时有个救生圈，他就能活；没有救生圈，没人救，他就会死。但是光有这救生圈，他要完全脱困，也非易事。法律对于社会也一样，没有法律，社会就会脱序，处于混乱，但是光有法律，这个社会也步履维艰，它最多只能让社会活下去，却不能让社会活起来。

宪政是法律的救生圈

宪政就是一种将法律组织起来，给社会带来秩序，给人们带来基本安全的制度设计，它的本质是对公共权力的约束。没有宪政，法律就缺乏统一的组织性灵魂，是散乱的，是无序的，是没头的苍蝇，它们无法按照一种统一的和谐理念来完成有序性的组装。宪政，是法律的救生圈。

道德是宪政的救生圈

宪政是以具体的分权和限权手段去组装法律，其目的是保障人的基本权利，协调人际权利的冲突，协调人与社会的权利冲突。因此，宪政必有一个道德基础，这个道德基础很简单，让人活得像个人样，只要不伤害别人都可以得到尊重。失去了这个最基本的道德基础，宪政也就失去了根基。道德是宪政的救生圈。

信仰是道德的救生圈

所有的道德都是有基础的，不是江海飘萍。一般而言，道德往往建立在宗教信仰的基础上，但是在一个韦伯所谓的祛魅时代，在一个他所谓的诸神之争时代，各种宗教信仰都具有其各自独立的存在价值，于是道德根基多元化了。不过，这无所谓，几乎所有的宗教信仰都有一些共同的戒律，例如善，例如爱，例如诚实，有了这些共同的基本道德基础，道德依然可以是稳固的。可怕的不在信仰多元，可怕的只在于没有信仰。没有信仰，道德才会真正失去根基。

宪政可以反哺信仰

在宪政制度下，制度上的信仰自由规定，可以帮助人们获得自由的信仰，信仰之间的安然相处将使道德获得重建。所以，认为没有信仰就没有宪政是对的，但这只是一种逻辑上的正确，不是一种现实中的正确。现实中的宪政与信仰之间的关系在时间、空间上都同时相互作用着，并不存在先后关系，不存在谁决定谁的问题。学者们的问题常常出在将逻辑推理当成现实真境——我把前面这几条的说法全给否定了——虽然它们在逻辑上可能是正确的！

老歌

我的一位好友不能听罗大佑的歌，尤其是那首《恋曲

1980》,听到这首歌,他会很难受,只想逃离;我的另一位朋友不能听电视剧《红楼梦》的歌。他们都是在这些歌流行的时候谈过恋爱,那些恋爱给他们留下了创伤。也许所有有过恋爱失败经验的人都会有同感同痛,一些老歌会勾起他们心底的往事,虽然美丽,毕竟痛苦。音乐就是一种唤回往昔的魔声。

流行歌曲

一位热爱读书的老人不喜欢流行歌曲,一点都不喜欢,甚至很鄙视,他认为流行歌曲都是垃圾。我说,你爱读的那些宋词,原来都是流行歌曲。他说,当时大部分的流行歌曲最后都灰飞烟灭了,我说毕竟还是留下了一些,成为了经典。事实胜于雄辩,十年前的许多流行歌曲,绝大部分虽然已经烟消云散,但不还有不少被人们喜欢的吗?流行的未必好,但流行的也未必就差。只要我们有自己的眼睛,认准了,即便是流行的,也可以找到好东西。毕竟,垃圾堆里也有可以卖钱的,不然那些拾荒人怎么会生存下来呢?

各路爱国人马大汇总

近来爱国热情高涨，简单分析一下类型颇有趣，勉力为之，欢迎板砖。

一、真正的爱国者

有爱国热情，也尊重不爱国的其他人，用正当的方式表达，不越出自然法之外，尊重他人的权利，不出口成脏，不对他人做恶意推定，同时为弱势者争权利，不苟流俗。这类人比较少，属于稀缺资源。

二、疑似真正的爱国者

有爱国热情，不在乎会不会被利用，心中明镜。行为上不考虑大局，只管自己爱了国就拉倒。这部分人最多，有时候容易被误为奴才，现在时迁势易，我愿意为他们一辩。

三、臭嘴爱国者

出口成脏，一见到不爱国的或者与自己观点不同的，就一顿脏话骂过去，最后证明自己属于那种有娘生，没娘教的人，需要大家同情。这类人不少，网络环保局应当行动起来了，我觉得。

四、嘴残爱国者

这类人只会喊口号，脑子里以及嘴上除了爱国、统一、汉奸、卖国贼之类的玩意儿，就没别的词儿了。这类爱国者也不少，他们与嘴臭爱国者遥相呼应，是双胞胎，常常手拉手出入各种场合。

五、添堵爱国者

他们说要抵制什么“嫁了夫”，别人结婚他们要闹婚，这倒没什么，可是他们会到人新郎家，堵人门口，不许别人用别的方式闹婚或者不许人进去喝喜酒，很霸道，他们以为自己是谁啊。这批人，好像数量还不少，愚民教育真成功。

六、爱国暴徒

用人肉搜索引擎之类的伟大发明，对不同意见者进行侵害，公布其家庭住址、联系方式，以期纠集其他暴徒上人家门口去爱国。接着，打骚扰电话、砸玻璃等爱国行为就出现了。这帮暴徒本质上都是孬种，除了会恃强凌弱，别的啥也不会。老天保佑，这只是极少数人，社会还算有点进步。

七、渎职爱国者

主要是那些掌握公权力的官员，本辖区的爱国暴徒正在爱国爱得人惊恐万分，他们作壁上观，绝不出手，他们不直接去给暴徒助阵就不错了，咱不能要求太高。

要细分的话，应该还有，比如沉默爱国者、墙头草爱国者，这么多不同种类的爱国人士，丰富了这个世界，给全体爱国人士颁发一个色彩缤纷奖吧。

饭桌上的不宜

饭桌上最大的不宜，是谈吃不饱饭的凄苦之事——除非回忆自己的往事，这会让所有正在吃着美味佳肴的人不自在。对苦难的人施以同情心是一种善良，是一种悲悯的品质，但不是所有场合都合适。饭桌有饭桌上的礼仪，在对某个群体或者某个人施以善意的时候，也需要考虑不冒犯无辜的人。

可笑的会议

特丽莎修女曾应邀去参加一个世界反饥饿大会，在会场门口，她遇到一个饿得奄奄一息的人。特丽莎修女立刻将病人带回自己的爱心修女会，照顾病人，直到他最后微笑着离开人世。那场会议，特丽莎修女当然没去参加。许多会议都是这样的，主题看起来美妙无比，而事实呢，只是怯于行动的遮羞布罢了。

某些情感的信念

什么都可以失去，唯独不能失去爱。无论对亲人，对情人，还是对朋友，都不能失去情感的信念。失去对亲人的爱，接着就会失去对周围所有人的信任，最终会成为孤家寡人；失去对爱情的信念，就会失去所有的生命光辉，会失去自己曾经拥有的所有魅力。已婚者失去了对爱情的信念，就会萎靡，了无生趣；单身者失去了对爱情的信念，将永远不可能有爱情。失去对友情的信念，人只能活在亲人之中，接着就会成为亲人的累赘，因为最终会对他们都感到厌烦。

为什么两位大师钟情于"女儿"？

《红楼梦》第一回开篇，雪芹先生便说："我之罪固不免，然闺阁中本自历历有人，万不可因我之不肖，自护己短，一并使其泯灭也。”他对“女儿”的爱与推重，在前现代中国自是独一无二了。可是，“满纸荒唐言，一把辛酸泪！都云作者痴，谁解其中味”！这是雪芹先生呕心沥血的自况。时代过去了那么久，今日的人们，无论读没读过《红楼梦》，又有多少人真“解其中味”？

无独有偶，身处“文革”逆境，膑足失明的国学大师陈寅恪先生，却费10年之功，凡80万言，为一个明末的“女儿”柳如是做传。

为什么这两位中国最伟大的艺术家、思想家如此钟情于“女儿”？无他，只为“女儿”是爱和美的渊薮。没有对“女儿”的尊重、爱心、欣赏，便不知自己是谁，便不知人性为何物，便不知慈悲和怜惜为何物，更不可能知道这世界为何物，未来当为何物！

“爱”是错字

祖宗造字均有义法，不是瞎造的。偏有一干时时刻刻都有历史“巅峰”感的“癫疯”人士，敢对数千年来本已定型的美丽文字动粗。一个典型的受害者就是“爱”字，这个字现在被改成了“爱”字。原来的“愛”字,《说文解字》说得很清楚:“「爱」,从心、从夂,从旡,作「行惠」解。”段注说“心部”。这些文字学上的解释,都说明了同一个问题,“愛”来自于“心”,没有了心,哪里还会有“愛”?

所以“爱”是个错字,错得跟这几十年很般配。套用钱钟书先生的说法,般配得好比一副对联或者一联律诗。没有灵魂,没有心肝的时代,“愛”才会失去了心。

现在开始,我不再使用“爱”字,只使用“愛”。

别把粗鲁当个性

我的一位律师朋友周××,上班的时候听到他的同事在电话里对人咆哮。挂完电话,该同事沾沾自喜地看着她,一脸牛叉的样子。周××冷冷地说道:“别把粗鲁当个性。”确实,至今还有许多人将野蛮、粗鲁这些恶劣的品性当做个性;把公然骂人当做特立独行。粗俗无文的社会才会如此黑白不分。纵容这些粗鲁,就是对文明的侮辱。

宽容还是纵容

记得孙志刚事件发生的时候，有人在网上写文章倡导宽容打死孙志刚的人。我当即写了一篇文章专谈宽容和纵容的问题。许多国人混淆了宽容和纵容的区别，常常错将纵容当做宽容。宽容是规则底线以上的多元，而纵容则是无底线的放纵。当一个行为已经突破底线，那就没有宽容可言，它必须受到惩罚，这就是规则存在的价值。如果破坏正义的规则可以不受惩罚，那就无需规则。

宗教性赦免与社会性惩罚

从各种宗教的角度讲，人的所有行为都可以得到赦免。从社会性的角度讲，人损害了他人正当的利益，就应当按照规则处罚这种行为，但处罚的程度必须与其行为相当。这两种状态本来各归各，属于上帝和恺撒之间的分工。然而，不幸的是，总有人将两者混淆，以为宗教性的赦免可以替代社会性的惩罚。这种糊涂的混淆不是宽容，是纵容；

不是爱，而是害。

讷于言而敏于行

“讷于言而敏于行”，是《论语》里的话，大意是说话要谨慎，做事要勤奋敏捷。这是一种言行之间的均衡。在目前的信息化社会，随着技术对言论的传播，许多言论本身也成为行动的一种。因此，讷与敏可以同时成为言的重要条件。若以此自我衡量，我两条都没做到，至少如果再深思熟虑一些，许多时评类的文章也许本来可以写得好一些。

公共表达需要真诚

多数国人不习惯人们在公共领域表达人文情怀，于是这样的情感表达无论多么真诚，都会被视为“矫情”，继而便被视为“作秀”，这是当前中国社会的普遍现象。在一个缺乏信任的社会背景下，这是常理；在一个真诚已经稀缺得像恐龙一样的社会里，这是常情。不过，在公共事件中，人们有权利对任何公共表达进行任何形式的质疑，除了谩骂。这是言论自由的应有之意，也是言论自由的边界。

人的行为最终目的都是利己

美国俄籍思想家安·兰德有句名言，她说："大公无私是最恶心的一句话。"我完全赞同，人的行为不管做什么，其最终目的应当都是利己的。只是这利益，人们理解各异。韦伯说利益包括精神的和物质的。有的人侧重物质性利益，有的人侧重精神性利益。于是，这两种不同的侧重，在社会效果上便出现所谓"利他"和"利己"的差异。后者如果无节制，便会侵害他人正当的法律保护的利益（无论物质性还是精神性的）。前者往往表面上损害了自己的利益，而于行动者可能恰恰满足了自己的精神利益，同时还能够利他，这是两全其美。精神性利益的满足，常常需要以付出物质性利益为代价。人的一生，倘若如孟子所言，只是为了一求心安而已，那么本质上只是学习放弃的一生，这放弃的对象便是物质性利益。

舍得

汉语中的“舍得”两字,其哲理实在是既单纯又深刻。有舍方有得,不肯舍者,必无所得。老子所谓:“将欲取之,必先予之。”有人认为老子这样的说法是在玩手段,这真是以屑小鸡肠度大气天心。试想其所谓“予之”岂是人人皆能之事。只是人生最高境界,既非算计得,亦非计较舍。舍便舍了,得便得了,了无挂碍于心,不扒拉算盘珠子,计较正负盈亏。不过,这样的从容与超尘拔俗,毕竟太难,我相信有这样的人,历史上苏东坡大约可算一个。但活着的人里,目前尚无幸一见。

2008 年 1 月 25 日

十六

交往的三个境界

交往的三个境界

交往有三个境界。第一个境界是与所有人都可以交往，第二个境界是只能跟少数人交往，第三个境界又是与所有人都可以交往。大约相当于中国古人所讲的，看山是山，看山不是山，看山还是山。

从懵懂到判别，从判别到合一。人格如此，生活随之。然而，第三个境界在现实中是不存在的，最多只能是近似。佛也只度有缘人。

假如生活欺骗了你

“假如生活欺骗了你，不要忧郁，不要愤慨；

不顺心时暂且忍耐;相信吧,快乐的日子将会到来。

心儿憧憬着未来,现在却总是令人悲哀;

一切都是瞬息,一切都会过去,而那逝去了的,将重新变为可爱。”

这首普希金的名诗,题在给奥西波娃的二女儿耶夫普拉克希亚·伍尔芙15岁生日的纪念册上。奥西波娃比普希金大18岁,给了他母亲的愛、情人的愛、友人的愛,三愛一体。伍尔芙对普希金的愛情持续了一生,在她死后,她的女儿遵照她的遗嘱,将普希金写给她的信全部烧毁,我一点也不觉得可惜。美丽的感情就该如此——能不能留给后人一点都不重要。

不过,普希金毕竟不仅仅是个唐璜,他还是世界诗歌史上少数几个最耀眼的明星之一。如果普希金没有100多位情人,世界诗坛可能就要塌掉一角,想想这个就该感谢这些美丽善良的女人们。

生存底线

生存底线上有四个点,这四个点如果出现全面危机,就比较麻烦。一是食品安全,二是医疗保障,三是教育清明,四是司法公正。这四项最起码的安全与合理状态如果不能保证,这个社会就是痛苦的。

爱情信念

许多人将爱情信念寄托在某个自己爱的人身上,这不是正确的爱情信念,只是爱人信念。爱人信念在本质上是一种偶像崇拜,是冰毒,会诱导爱情中的人仅仅为了某个人而遗忘自己的责任,做违背道义之事。将爱情信念寄托于某个人身上,也会导致拒绝理应获得的幸福。

真正的爱情信念是关于爱情的信念,不是关于爱人的信念。有正确爱情信念的人,既能够为了自己的爱人去做正确的、应该的事,也能够为了道义和良心做不符合爱人利益的事。真正的爱情信念是为了相爱而存在的,它可以与爱人本身分离——能合一的时候当然是最高境界。有些殉情之所以那么打动人,大约是这个原因。“大义灭情”的前提是大义,国家精神病时代人们只见灭亲或灭情,不见大义,这与我说的爱情信念也是背道而驰的。

直面儿童暴力

一位朋友与我谈起她五岁的侄儿，说他在幼儿园里被另一个同学欺负，挨打。她告诫侄儿说遇到这种事要向老师报告，由老师来制止。我表示异议。儿童暴力，一则有限，二则需要直观的纠正，对待儿童暴力，应当直接反击。直接反击第一能够培养儿童的独立精神，第二培养正确的勇敢，第三纠正蛮横者的恃强凌弱，这对于培养儿童的勇敢精神是决定性的。

中国的儿童教育里一般都采取唯一依靠老师主持公道的方式，我以为是错误的。大量国人的怯懦大约与此种教育有关。什么都借助一个更高的权威解决问题，当权威渎职的时候，人就失去了依靠，于是任凭宰割，成了懦夫。

相爱的本质

相爱在本质上是双方都找到一个人，可以任由自己胡闹，充满爱意地看着对方胡闹。

十二月党人妻子中最后辞世的亚历山大拉·伊万诺芙

娜·达夫多娃说过一段质朴且感人肺腑的话："诗人们把我们赞颂成女英雄。我们哪是什么女英雄，我们只是去找我们的丈夫罢了……"这说到了爱情的本质。

不从大义角度，仅从日常生活角度看，十二月党人的所作所为当然是"胡闹"。

我也想到过自杀

很小的时候，我就想到过自杀——幸好没有。因为受到了来自亲人的羞辱，在大庭广众下的羞辱。长大了，我也想过自杀，是因为觉得人生的虚无。不过，近二十年前，我接触了佛教，从此再没有动过自杀的念头，最多只因为住的楼太高，潜意识中有往下跳的胡思乱想而已——这是人类死本能的反应，不足为奇——几乎人人都会有。

现代心理学认为自杀是抑郁症的结果。我这种人最不可能得这种病，一天到晚像个傻瓜一样，一点点开心事就要奔走相告；天大的坏事——比如老婆丢了——转眼记不起，就是我的书房突然失火烧了，我还能照样过。

所以要想不得抑郁症，挺简单的，傻一点，记性差一点，就 OK 了。

宗教

据说只有圣人和野兽才能真正独居，我想圣人的独居是无法证明的，因为这本是个悖论。

历史上最伟大的圣者往往会经历这样一个过程：信仰宗教、超越宗教。宗教是人和宇宙之间的婚姻，真正和谐的并不多。人之所以需要愛情、需要婚姻，跟人需要宗教一样，都是因为孤独、脆弱，不完整。只有到了克里希那穆提、阿罗频多……他们的境界，才可能是自足的。只是我们凡夫俗子，难以克服这脆弱、这孤独、这残缺，于是我们需要愛情、婚姻还有宗教。

历史的本质与《红楼梦》

我之所以认为女人高于男人，是从情感角度看待的。人类社会数千年的野蛮——居然自诩是文明史，真丢脸——就是因为对美好情感的践踏。任何一个时代，任何一个国度，任何一个种群，所有的邪恶首先是对美好情感——亲情、爱情、友情——的破毁与践踏。女人是这些情感最本质的载体。但是数千年来,她们默默忍受着男权的野蛮,她们在情感的支离破碎中度过,她们生、她们死,她们被幽闭宫中、被割去阴蒂、被裹小脚、被束胸、被出售、被像物品一样霸占、被像商品一样在橱窗里上架,都是男权世界的"文明"。

《红楼梦》以天才的文字拯救这场劫难。以我有限目力,我还没有见过类似这样鸿篇巨制、以热爱"女儿"为题材、各方面艺术智慧均臻至极境的综合艺术。不知道是不是我孤陋寡闻,在这个意义上,我愿意假定它是全世界最伟大的艺术作品。《红楼梦》是不可超越的——就像普希金于俄国艺术是不可超越的一样,《红楼梦》未能在世界文坛上得到它应有的地位,是男权社会的"文明"导致的。

历史是情感的历史与普希金

普希金有一百多个情人,他的妻子是他的第 113 个情人。正是这一百多位美丽多情而海一样博大的女性(看看奥西波娃一家如何对待普希金就知道我没有虚夸她们),造就了这个人类历史上罕见的天才,这个天才之所以是不世出的天才，是因为他有人类最自然、最纯真，几乎完全没有被污染的情感（即使他死于无谓的自尊和虚荣）。普希金的作品为俄罗斯精神奠定了永恒的美和愛的基础，这一切都是普希金和这些女人们愛情的结晶。这些作品不但照亮了俄罗斯，也照亮了全世界。普希金是云层下面的太阳，而这些女人则是云层后面的太阳。

普希金16岁那年为自己写过一首《我的墓志铭》：

此处埋着普希金，
伴着缪斯的年轻。
伴着愛情与慵惰，
他度过快乐一生。
他没做什么善事，
可他内心，真的，
确确实实是好人。

（据刘文飞先生译文修改）

理性最本质的限度在于情感

休谟曾说过一句名言:“理性是激情的奴隶。”康德在《纯粹理性批判》里确定了理性的边界,理性有它不可知和不能知的。例如康德以大量的篇幅论证了上帝既无法被证明也无法被证伪。

康德的观点无疑是对的,不知道边界的理性,其傲慢与偏见给这个世界制造过无穷的灾难,但是否可知、是否可推理并非理性真正的边界,理性的真正边界在于情感。当人们拥有正常的善与愛的情感的时候,宽容就诞生了,理性也就无法僭越情感的力量。因此,从这个意义上,拥有正常的情感,理性自然而生,所谓随心所欲不逾矩。理性是失去正常情感者的精神救生筏,而情感是精神生命本身。

中国历史的问题

中国数千年来的许多丑恶,我曾说是因为对女性的压迫，导致了阴阳不平衡。一部阴阳不平衡的历史不可能是美好的。这中间还缺了一个环节没有清晰交代，就是对女性的严重压迫导致了正常情感被破坏。这种破坏不仅仅殃及爱情，最重要的是殃及亲情、友情，于是各种畸形的情感之间恶性互动。女人的正常情感固然丧失，男人们也一样。失去了正常情感的社会，也就失去了正常。

如何练就金刚不坏的精神躯体

人的肉身会被时间和空间磨蚀，但人的精神躯体却可以达到超越的存在。历史上那些最伟大的人物都已经为我们做出了榜样，佛陀、耶稣、圣方济各、老子、陶渊明、苏东坡、甘地、泰戈尔、克里希那穆提、特丽莎修女……这是一长串名字，罗列不完的。

时时吸收这些巨人的精神元素作为自己的日常滋补品，我们的生命可以向下，踩在坚实的土地上，而我们的心却会向上，越过云层，飞向太阳的方向。

让自己永葆青春与快乐的法门

我写过一篇《说快乐》，其中说到快乐是要积攒的。快乐的法门大约有八万四千种，限于篇幅，略举几个：

1. 有了孩子的人离孩子近一点；

2. 没有孩子而有爱情的人离爱人近一点；

3. 暂时没有爱情的男人，离女人近一点，离对女人的尊重近一点，不管能不能产生爱情；

4. 没有爱情的女人在遇到优秀的男人之前，与女人近一点，哪怕万一发生同性恋也可在所不惜；

5. 年长的人离年轻人近一点，哪怕他们不懂礼貌；

6. 年轻人离长于自己却有童心的人近一点，哪怕他们七老八十了；

7. 什么也没有的人和什么都有了的人，离艺术近一点；

8. 离孩子近一点，离艺术近一点，离女人近一点（实在不正常者当然例外），离大自然近一点，离天空近一点；

9. 离谎言遠一点，已婚人士有了婚外情要告诉配偶——除非已经结束，让自己活得坦荡、真实，才可能快乐；有婚外情念头的时候，要及时告诉配偶，让他/她帮助你度过难关；如果对方不是能理智处理的人，那就忍着别婚外情吧——不过忍着的话，你快乐吗？天哪，还有孩子，麻烦大了！

10. 离付出近一点，离索取遠一点——除非对方非常需要你的接受；

11. 离感情敲诈遠一点，不能因为自己有愛就以为可以想怎么愛就怎么愛，不要愛人愛得痛不欲生、恨不得上吊；

12. 离仇恨遠一点，离宽恕近一点，生活中可能总有人想毁掉你的生活，那就在最短的时间内忘掉它吧，仇恨不可能建立生活的基础；

13. 离快乐的好记性近一点，离痛苦的好记性遠一点，痛苦是暂时的，快乐是永恒的，必须这么坚信；

14. 离人群遠一点，离朋友近一点；

15. 离情感近一点，离主义遠一点；

16. 离理性近一点，离情绪遠一点；

17. 离文学近一点，离论文遠一点；

18. 离闲书近一点，离教材遠一点；

19. 离家近一点，离房子遠一点；

20. 离事业近一点，离金钱远一点；

21. 离交通便利近一点，离车子远一点；

22. 离工作近一点，离劳动远一点；

23. 离生活近一点，离素餐苟活远一点；

……

这些都将使你快乐，使你永葆青春。

2008 年 3 月 11 日

十七

不要忽视身边的优秀

不要忽视身边的优秀

西方有句名言，所谓澡堂里无伟人，大意是熟悉会导致蔑视，人们容易忽视身边的优秀。事实上，我们的身边，优秀无处不在，只要你长着发现优秀的眼睛。从我大学时候开始，我就不去崇拜别人了，唯恐失去了自己，实在要找一个，只能是我家老爷子，不仅仅是因为父子情，也因为他给我示范了一生的人格。有些讷言敏行的人，有些厚实稳重的人，有些诚勉勤恳的人，只要我们愿意，从他们那里都可以学习到无数我们原本匮乏的优秀品质，至于才华之类的东西有没有倒无所谓的——就连这玩意儿也常常是值得学的。不过人的才能呈现领域不同，学不会别郁闷，别妄自菲薄就行了。

手送小广告

走在街上，常常会遇到人塞给你一张小广告，化妆品、售楼……各种各样都有。开头我很讨厌，拒绝接受，再后来一想，这些送小广告的年轻人靠着这行当糊口，你接受一份，他就完成得快一点。从此，我来者不拒，只是拿到手以后，根本不看，在最短的时间里把它扔进附近的垃圾桶。

有些善，就这么小，但不必不为。

用真话撒谎

《围城》里，方鸿渐走在独木桥上发晕，吓得抓着孙柔嘉——他未来老婆的手，赵辛楣打趣他是英雄救美还是美人救英雄，方鸿渐立刻说是孙小姐帮助他，人家听起来是他有绅士风度，而实际上他说的是真话，这是典型的用真话撒谎。用真话撒谎的目的是引起人误会，虽然你说的是真的，听的人却不相信，而从有利于你的角度去考虑，于是目的就达到了。日常生活里这样的情况很多，我经常遇到，自己也干过——虽然不多，都是为满足虚荣心罢了。

不过，我常会有些内省的言行，人老以为我谦虚，这倒不是用真话撒谎，我是确实那么想的。我从来不谦虚，反而常被人误认为傲慢，实际上这两头都不是我，我只是比较老实，偶尔自负虽有（面对某些人要是不自负实在太虚伪了，那种情况下，我宁可自负也不想虚伪），但总体上我是个老实人。

为什么不撒谎

我身边有些朋友，和我一样基本上不撒谎。有趣的是，我们不撒谎理由也都一样，因为记性太差。人一撒谎，就得圆谎，如果记不住中间一个环节，就得穿帮，所以撒谎是需要好记性的——不过那多累啊！还是不撒谎活得轻松快活，不然老得快，不划算。所以，我们不撒谎跟道德无关。

养猫与找伴

猫、猪、狗，据说这三种动物跟人的关系各有差别。

猫贬人。它要找你玩，你还不能不陪，你要没空陪它玩，它会给你“color to see see”。比如一边盯着你，一边伸出漂亮的爪子，把桌子上的杯子推到地上，让你欲哭无泪，恨不得立马抓住它，你一起身，它一溜烟跑了，跑到安全的地方停下来，挑衅地看着你。倘若你要找它玩，得看它心情，心情好陪你玩会儿，心情不好，都懒得瞅你一眼，独自打盹去了。

猪跟人是平等的。据说举案齐眉，相敬如宾。

狗是抬人的。下班前，它到门口候着，洗完脚，它给你叼了拖鞋过来，据说还会给你去买烟，连钱找错了，它都能分辨，真是好孩子。

夫妻关系也差不多都包括在上述里了。男女都是猪狗品质当然没问题。可是你所喜欢的，一般都是猫科动物，他们是要自由的，要胡闹的。所以有智慧的人看待婚姻当如养猫以待，得容得对方如猫般自由，如猫般懒惰，如猫般耍性子，双方都想找这么个主，遇上对眼的，那就基本上其乐融融了。要是双方都希望对方是狗，这日子大约是没法过的。

人的生活就是这样！心理底线低，稍微好一点便感激了个半死，哪有过不下去的理呢？

《索多玛120天》与接受美学

保罗.帕索里尼的《萨德或索多玛120天》是电影史上的一部绝作,其对人性潜意识的挖掘之深刻,史无前例。可是,好几遍我想完整地看完都做不到,每次都只能快进才能看完,因为实在太恶心了。这部可怕却深刻的电影,从接受美学的角度看,导演是将一般你能够想像得到的恶心都网罗其间,是挑战人们审丑接受力的极限。他是成功的。

你能搞清楚自己是相信还是知道吗?

在以前的《闲思录》里我曾经写过一条相信和知道的差别,目的是提醒某些所谓反伪战士别动不动就科学科学的,把科学当作裁判所,给人戴帽子、抡棍子。我还说人类主要是依靠相信活着的,倘若要依靠知道活着,估计一辈子啥也不用干,光要搞清楚一件事情就花去半生的精力。

绝大部分的人,无法搞清楚对某一个东西到底是相信还是知道。比如你问地球绕着太阳转，你是知道还是相信？我猜绝大部分人会回答是知道。而这个答案是错误的。我们说地球绕太阳转，是相信，不是知道，从哥白尼以来，实际上没几个人有资格说自己是知道地球绕着太阳转的，只能说是相信地球绕着太阳转。因为要真正知道这件事情的真相，需要太多的科学技术条件。

我们基本上是生活在相信之中的。

如果我们明白了这一点，那就会对许多不相信的事情多一点宽容的存疑，少一点武断的否定，我们对这个世界——苛刻一点说基本上是一无所知，只有无限的相信——那么盲信的概率很高也就不奇怪了。

突如其来的陌生感

在有些地方有些场景，不知道为什么会突然冒出来一种完全陌生的感觉，是对非常熟悉的地方的突然的陌生感。这种情况经常出现，当然会很快结束，可是这种陌生感是很奇怪的，不知道因何而发生。

中外建筑中的窗子和门槛

多年前，我在《走向公民时代》中曾写过，中式建筑都有个门槛，西式建筑中似乎不常见，这让我想起长城，想起《河殇》，想起封闭……以前的中式建筑，往往窗子开得很小，窗子上还有横竖排得很密的木条，把好不容易进来的阳光尽量吞食，而典型西式建筑的窗子一般很大，采光效果很好。类似这样差别很大的文化符号也许在许多方面都会见到。

火车上的饭

在火车上吃饭——是种享受，不到饿得受不了的时候，不会吃他们的饭。在火车上吃饭，你会吃到奇迹，因为那么贵的饭，他们还能把饭做到那么难吃的地步，实在太不容易了。我曾经向他们的厨师师傅请教经验，怎样才能把饭做到那么难吃的地步。他们神其术，秘而不宣，郁闷……郁闷完了，我顿悟——要没有垄断，这怎么可能呢？

送书的礼数

记得有一名作家(名字记不确了,就不写,免得冤枉人),在书摊上见到一本自己题签送人的书,自然,名作家很生气,后果很严重——他把书买回家,重新寄回给那位受赠人,臊人家。

人之所大患在缺乏自知之明,写字而且不幸还印成铅字的人尤甚。见人就送书的人大抵便是如此。他们往往误会别人都会对他们的书感兴趣,至少会感激他们的送书之举。殊不知越是喜欢读书的人,越是挑剔,送得不对胃口,受者便成了负担;或者挨送者本非爱读书的人,宝剑赠美人(除非是郭襄),是不必的事。所以我一般不送书——好在以前也没书可送。现在终于有一本了,送的时候也一定要小心,绝不能送成别人的负担,尤其不能流落到书摊上。

上面这个例子里,错的是那名作家。对牛弹琴,错的当然是弹琴的人,牛怎么会错呢?它吃它的草,没义务非要吃你的精神之草。真会弹琴的人一定会正确选择请谁来欣赏自己的琴声。

送书给人是一种尊重——例如师长送给学生、好友、关心自己的师长之间的互赠；不送书给人也是一种尊重——例如学生 vs. 师长，除非师长自己主动要求。

英雄的虚荣与美人的虚荣

一般，在涉及男女情时，英雄的虚荣在于总想要有美人侍侧。所谓英雄难过美人关，所以被美女坑了，别喊疼。杨过的可愛便在于他愿意做美女的侧侍，他不是英雄，是高于英雄的英雄，是真男人。美人的虚荣在于总希望永遠都有无数人追求自己，追得自己晕了，不小心把姓什么给忘了，因为找不到"北方"，就选了个最没骨头的人——她以为这人对自己最好。结果嘛，如大家所知，一般是红颜薄命，这薄就薄在她们自己的浅薄。

人都有虚荣心，英雄和美人的虚荣心更容易被放大，是因为他们的后果更严重。至于女英雄和美男子的情况——一时没去想，先留着吧。

人生的悲凉之底

一位朋友发来短信说，大意是唯有摸到人生的悲凉之底，才能真正生活，我很同意这句话。常听说英国一些给万人留下欢笑的“小丑”，不期然哪天突然自杀，人往往不理解。实际上这是天下最好理解的事，虽然我并不赞同他们的自杀。一个对人生最深处有真把握的人，必然是本质上的悲观主义者，但他们也必然是欢乐的，因为对人生的悲凉之底有把握，他们会比绝大多数人都要少却恐惧和焦虑，这就够他们日常的欢乐了。不过要不自杀，还得有加缪那种活在“苦难与阳光之间”的从容，在承认生存荒谬这一本质的基础上，站起一身的朝阳，迎击荒谬。

人最好不要因为勇敢而自杀，也不要因为怯懦而活下去，最好是因为透彻而从容面对，不管哪种生活，绝不自杀。

火车上的收获

以前在火车上喜欢看窗外，也看书，这回完全不看书，只看窗外。在奔移而过的南北景致中，闲思所需的那些灵感触景而出，几个词，一个短句，都落在随身的小本上。更为重要的是，将近两年没出过北京了，畿外的一切都叫人感慨，在人生的旅程上再涂上一点感动的油彩。

城市的记忆

从杭州转车，这个城市是我曾经比较熟悉的，可那是15年前的事儿了，现在它已经变得那么陌生。如果不是因为有一些同学好友在这里工作，我对它会有完全莫名的惊诧——那是一种极度奇怪的惊诧：咦，为什么会有那么多人，骑着车、开着车、走着路……生活在我完全陌生的一个地方？我知道这样想很无厘头，可是每到一个完全陌生的城市，我都会产生这样奇怪的念头。

也许，这就是神学家奥托所谓的人对世界的惊异感，它是神圣感与神圣崇拜的来源。

回乡的法喜

在回家的路上，当汽车在高速公路上疾驰，将两边的青瓦房和绿色田野收进我眼底的时候，随着那天上缓缓舒卷的烟云，我发现自己的眼角都是泪水。泪一次次干了，眼睛却也一次次再度潮湿，视线一次次再度模糊。事实上，我完全说不出来为什么会这样，只是想起许多朋友在寺庙的感受，当他们面对佛像的时候，他们的心中充满感恩的喜悦，泪如泉涌。这便是法喜。

2008 年 3 月 17 日

十八

自恋

自恋

有点自我意识的人都多少有点自恋，如果一点都不自恋，这人不可能可爱；不过自恋过头了，就变得可笑。如何既自恋又不可笑？——自恋的同时，心清如水，永远真诚地欣赏和喜欢任何人身上的美好。

老同学们（一）

每个人都有自己的人生轨迹，因为各种原因，人际相处盛宴无常、聚散匆忙，如天边的云，在时间和空间的风中，留下些美好的回忆，留下些感伤与怅惘；然而，世事溟濛，谁知轮回如斯，如四季更替，春夏秋冬，去了又来。那些整整20年没见的同学，电话也好，见面也罢，我竟然出奇的平静甚至羞涩，像是少年时代的鸿蒙未开。百感交集之下，多有沉默，寒暄只是为了掩饰激动，不然也许会失态。

老同学们（二）

拿到20年前——1988年我们高三（一）班的部分通讯录。实际上，我并不想见大家，我更愿意让那些回忆更清晰地留在我脑中，不需要那些定格变成连续的画面。许多时候，人都会因为贪婪和好奇破坏美好的回忆。

老同学们（三）

有同学说想办法找到她的联系方式，我谢绝了。最大的幸运是至今也没有“海云娜”的任何消息，要见到她更不可能——而且，即使能见到她，我也是绝不会见她的，她的美丽早已刻在我脑海，我不会让现实去败坏她。

早熟而女性化的感情

我是情感方面比较早熟的人。小学二三年级时候就暗恋过一个百货店里的营业员(现在还记得她名字^_^),她长得很美,如玉的皮肤、如花的笑,说起话来如钢琴奏雨的声音,走起路来像风中柳末摇曳多姿。放学的时候,我总是要路过那里,假装想买东西,实际上只是为了看看她,和她说说话,到现在也都记得她的音容笑貌。从初一开始到初三,暗恋一个同班同学,整三年没换过人,可是我连话都没跟她说过。早自习、晚自习的时候,早早就到了,只为了见到她款款走进教室。星期六、星期天常常骑车往国清寺方向跑,也只是为了遠遠地看着她家,希望有好运能见到她出现在阳台上。然而,她没考上高中,于是我们失散了。

高一的时候,我遇到了“海云娜”,还是没和她说过一句话,虽然无时无刻不在关注她的一举一动。直到她有一天悄无声息地离开我们这个学校……

如此早熟的感情,我却恋爱得很晚,真正的恋爱是到大学毕业以后一年才开始。这都是因为我的感情表达方式很女性化,是被动型的,不到明显感到自己喜欢的人也喜欢自己的时候，是绝不会明确表示喜欢她的。

江南的春天

在北方生活的人也许很难体会江南的春天带给人的喜悦；不在北方生活过的江南的人，也很难体会江南的春天给人带来的感动，这是因为入幽兰之室久而不闻其香。人生一世，其他种种事情大抵也是如此，缺乏比较的生活，往往缺乏思考，缺乏对自己的省察，对人性的思索。

山风

东晋名士山涛，这名字真是好。当人进到山间树林里，听到山风在树顶上，在山谷间，在广袤的天宇之际，如隐隐的雷声滚滚而来，如大海的波涛翻涌，一种心旷神怡，一种万事如烟的自在便呈显。当我们谛听山风的时候，我们可能会有感伤，会有惆怅，但它一定会消除我们尘俗的痛苦和忧伤，哪怕它是暂时的。

环保筷子

据说日本只用中国生产的筷子，因为成本比他们自己洗筷子还低。中国人可能是世界上最蠢的民族，用自己的资源给世界当廉价工厂，一天到晚还在吹什么“鸡的屁”的增长。在饭馆吃饭，我一般用他们饭馆自己的筷子。有回在饭馆里，我跟服务员说：“你们那样大量的使用一次性筷子，难道从来没想过以后还会不会有做筷子的树？”这位服务员漠然答道：“这不关我们的事！”我还能说什么？

累死小学生，玩死大学生

中国的教育制度可能是全世界最幽默的。中小学生是最需要自由发展个性的，却给书包压成小老头，不许玩耍，几乎一点闲暇都没有；大学生已是成年人，本该是自己对自己负责任的年龄，却最容易玩得天昏地暗，放纵自己。这种“累死小学生、玩死大学生”的现象，是完全颠倒了的教育制度的结果。这难道不是最具幽默感的教育吗？

网络留言中的教训口吻

许多人在网络留言中总喜欢居高临下，教训别人，有时候即使貌似很客气都掩盖不住这种教训嘴脸。说句实话，我不太习惯这样。我虽然直率，而且愿意和人讨论，但一般不会教训别人（也许有时候不小心会冒出来也不一定，如果有朋友发现，烦请告知^_^）。我可能会提出自己的建议，甚至自认为的忠告，但不会去教训别人，不会去教别人如何生活。当然，在公共事件面前例外。

那些喜欢用教训口吻留言的人，估计在他们的成长过程中也受到过无数教训式的对待——父母、老师、领导……我以为潜意识里是一种唯我独尊、专制霸道的东西在作祟。可见，内心的黑暗是无处不在的，一不留神就会冒出来，要清除它们还真的不容易。

行善需在暗处，惩恶当于明处

每次去寺院，最讨厌看到那些功德名录，张三捐了三百，李四捐了二百五，我觉得这种功德名录是天下最二百五的东西。一般而言，只要条件允许，做人当是“行善需在暗处，惩恶当于明处”。前者是给老天看的，不是为了沽名钓誉，也不是为了获得受助者的感激或回报，例如捐助；后者是做给社会的，例如对具体人或者事的批评，应当光明磊落，对自己所倡导的负责，也对自己所反对的负责。如果对一方的惩恶即是对另一方的行善，条件许可的话，应该避开行善对象，而针对恶人恶事公开发难。

酒席的人数

我不是个爱聚会的人，但身在江湖，聚会不免。一般而言，我心中有个不成文的规矩，包括我自己在内，聚会人数超过六人以上的不参加。有位忘年交挚友，因为知道我这臭毛病，居然每次约我吃饭时都强调人数不会超过六人，令我感动不已——也令我很惶恐，毕竟这给他带来麻烦。我之所以有此怪毛病，只是觉得人太多的聚会，往往流于无聊地客套与寒暄，而无法有效交流——而聚会难道不是为了交流吗？情感也好，思想也罢。当然，既然是原则必有例外，特殊情况下，人再多也自当从之，例如数十年未见的老同学聚会，第一次见面的群友聚会，焉能不去？——人是生活在人情之中的。

不诚实的根本原因

我以为虚伪、不诚实的根本原因，在于人类在性问题上的不坦诚。通常的性伦理是人类历史上作恶最多的一种伦理，它在本质上是反人性的。并非所有的亲密关系都会导致嫉妒，性嫉妒基本上是性伦理的产物。女人身上的美和温柔导致男人的思慕和性的渴望，这本是天经地义的人性。男女相互吸引是最自然的本性，但是人类数千年的男权文化却强行剥夺人的这一天性，并且不许人承认这是自然的、值得尊重的。于是，真实的人性与性伦理处于水火不容之地，绝大多数人便屈从于这一冰炭规则，这样的状态下，虚伪便成为第二天性——习惯，于是它延伸到一切领域。

北欧是全世界性伦理观念最开放的地方，那里也是全世界最文明的地方，因为他们是最诚实的人群。性伦理、性观念的开放程度一般而言与文明程度成正比。

性感是什么意思？

某女问我："老有人说我性感，你们男人说性感是什么意思？"我答："别人我不知道，我理解的性感就是想和对方做爱的意思。"该女大吃一惊，她说以前这么"夸"她的男人都说性感是漂亮的意思，我说也许他们不好意思说真话。接着，该女又问我："那你觉得我性感吗？"我答："性感！"

据说许多美国人喜欢卡特的原因是他在一次答记者问时，记者问他："你在街上见了漂亮女郎会怎么想？"卡特说："想和她做爱。"美国人认为卡特很诚实。确实，男人承认想和素昧平生的漂亮女人做爱，这只是真话而已，没必要掩饰——当然也未必需要说出来。

阳光型恋爱与月光型恋爱

年轻时候看到李敖的爱情观，很不以为然，他说爱情必须是纯快乐的。现在年长一些终于能够体会一点他的意思。不过，李敖在文字中对女性的不尊重——据他自诩，在生活中他挺尊重女性的，我不太相信。即使生活中尊重，我猜可能也是装的。由于他对女性的不尊重，我以为他的所谓爱情必须是纯快乐的，那只是他很自私的快乐。

在我看来，爱情确实应该是欢乐的，但必须是两个人的欢乐，而不是单方的，这就是我所谓的阳光型爱情——往往只有相爱才会真正达到两个人的欢乐。要是没有相爱，那就一个人好了；或者要有可能，虽然没相爱，只是相互喜欢，也不妨恋爱。痛苦的爱情往往是因为只知道付出是爱，不知道理解和尊重他人的不接受也是爱的内容，这样就会变得偏执，变得狭隘；或者是因为只用爱这一条腿走路，而不能将无处释放的爱转化为创造，于是不能超越。没有创造的生活，在遇到爱情无法满足的时候，必然产生痛苦，将爱情中的痛苦审美化便是月光型爱情的主要特征。

宁可没有爱情，也不必为它痛苦，在我看来，痛苦的东西太不健康了。所以我希望天下人只为爱情而欢乐，不要为它痛苦，那种哀毁骨立的爱情是病态的。

如果他们是中国人

普希金是美圣，不是情圣。他是人类历史上少数几个最罕见的天才之一。但是，他要是在中国，肯定只能是个著名的唐璜而已。因为他有一百三十几位情人，他太太是他的第113位情人，光这一点，中国人的道德激情便可以化成唾沫淹死他。俄罗斯最关注的是他对俄罗斯文学的伟大贡献，要是他不幸做了中国人，被关注的便只能是他跟几个女人上过床，要是在“大革文化命”或者“清除精神污染”那年头，估计该枪毙了。至于他和奥西波娃一家五位女性的感情故事，在中国自然是枪毙一百回也不见得有多少人会同情的。

托尔斯泰也一样，就凭他把丈母娘家的女人从丈母娘开始挨个爱了一遍，倘若他是中国人，估计也会被唾沫淹死。毕加索、拜伦、雪莱、卢梭，这些人要是生在中国，通通都得如过街老鼠，好在现在似乎宽容一些了。

有了性宽容并不一定会产生伟大艺术家，但没有性宽容的地方肯定不易产生大艺术家。

人类应当走向母性社会

从古代的米诺斯文明，以及当代北欧政治、中国丽江地区的摩梭族走婚制里，都可以看到母性越发达的社会，文明程度越高，母性（拜托，不是女权）社会才是真正的文明社会。母性社会不会导致性别压迫，女性主导的社会将会是追求美和愛的世界。人类被男性主导了数千年，其间存在着严重的性别压迫，以及从此延伸出来的无数种类的压迫和战争，居然还自诩是文明史，这是最无耻的事实。人类应当重新走向母性时代。

换偶与婚姻中的性忠诚义务

换偶是当代国人性伦理生活中的一个新问题，它在实际上消除了婚姻中的性忠诚义务，引起社会上许多人的反感和谩骂。有朋友问我，如何看待这个问题？我的想法很简单，如果没有损害，便无救济，别人的事少管，无论你看得惯看不惯，因为既然没有损害你，那跟你无关。如果我结婚以后发现妻子有婚外性需求，我觉得她不必骗我，我能理解，我也会支持，因为我希望她欢乐而不是痛苦，诚实而不是撒谎，坦荡而不是虚伪。这种婚外性需求说不定我也会有，谁知道。如果有这样的愿望，我一定会告诉她，并且寻求她的理解和支持，如果她不支持不理解，那我也会尊重她的意见，就不让它发生。喜新厌旧是人的本性，不必掩盖这一事实。只要世界观、价值观、人生观相同，夫妻之间如果连这个障碍都能消除，还有什么障碍不能消除。所以婚姻中的相互忠诚义务，至少可以是感情的忠诚与性的忠诚在一定程度上的分离。不然，留意一下瑞典人的性观念也许能得到一点启发——他们的一夜情发生率是全球最高的，在60%以上，但他们是世界上公认最诚实的国民，他们的婚外性生活不必隐瞒家人，因此瑞典也是生活得最放松的一个国度。

文字如爱情

不是相爱的爱情，追来的爱情，被人施舍来的爱情，往往需要爱情技巧，用大脑矫正情心，以求被接纳以及与爱人的感情同步；相爱的爱情是两颗心的融合，都一见钟情了，还要什么技巧。

文字也一样，最高境界是不需要技巧的，所谓“大巧若拙”。因心灵纯净而自然流露的文字，即使有其艺术性需要，那也是一种自然的运用，从心所欲不逾矩，绝非刻意而为。如《红楼梦》、《边城》，都如雪芹兄所言，这种文字是水做的，纯澈而优美。董桥先生说文字是肉做的，那就完了，每次读他作品，读不了两篇就得放手，腻死了——他的文字，我刻薄一点以为是“卿本佳人，奈何俗物”，天生丽质一美人，乍一见艳惊四座，一交谈才发现俗不可耐。

2008年3月28日

十九

欢乐的另一面是悲悯

欢乐的另一面是悲悯

我以为欢乐的另一面该是悲悯，是一枚硬币的两面。有大欢乐者必有大悲悯，有大悲悯者也必有大欢乐。没有欢乐作为底蕴的悲悯，将使自己陷于苦难审美，变得如陀思妥耶夫斯基所谓的“我们得对得起这份苦难”——以前我很赞赏这句话，现在我不敢肯定自己是否会否定这句话，但至少已经在怀疑。没有悲悯作为底蕴的欢乐，往往只是昙花一现的快乐，因为它太小了——钟书君所谓“快”字“把人生一切乐事的飘瞥难留，极清楚地指示出来”，无法深入灵魂尽头，不能变成“欢乐颂”。我写过一篇《说快乐》，看来应该再写一篇《说欢乐》。

人生三境界

人生而快乐，那是少时；继而痛苦，那是感觉到了韶华易逝，感觉到了沧桑瞬息、世事难料；唯有如聂鲁达所谓“我承认我历经沧桑”之后，再回归到一种喜乐状态，到了那时便练就一身金刚不坏的精神之躯。

所以，你要是现在正在痛苦，那就痛苦吧！只是你一定要超越它，一定要回归到欢乐、喜乐之中，不然你就白痛苦了。

读万卷书、行万里路、做万件事

还是吾友夏永辉的妙语，很启发我。虽然在前两句里似乎该包含着最后一句，但强调这最后一句是十分重要的。不做万件事，不知人间艰难，不做万件事，亦难以知道人生之意义。

恶毒的高税率

中国企业的税负很重，不少都得偷税、逃税才能维持。政府当然知道——他们从来不傻，但为什么明知不易执行还要这样做？呵呵，很简单，这是一根套在企业脖子上的绳索，他想勒得紧一点就紧一点，松一点就松一点。这高税率可作为选择性执法最好的工具，可以完全、彻底地控制企业，哪个企业不服从政府，一查账你就完蛋，还不够恶毒吗？

办企业的难

一位多年的好友，一个成功的乡镇企业家，他感慨说办企业真是最难的。农村人口素质之低实在叫人无所适从，有些人就连扫个地都无法令人满意。这些企业家还得兼任教师——教他们从农民变成工人甚至公民，焉有不累之理。他还说企业办好了，不少官员就等着孝敬他们，企业家对他们什么都不做都是很大的得罪——说你怎么这么老三老四的。

真

我的一位企业家朋友很痛切地说，中国社会所有的问题都归结到缺了一个字：真。这句话并不震撼人，只是从一个企业家嘴里出来与从我嘴里出来不一样。

完人与暴君

到若干年龄的时候，我就明白一个道理，那些想做完人的人，本质上都是暴君。他们对自己不宽容，对别人也不可能宽容。

出家审美化

有朋友告诉我，某新加坡人因为看到某杰出摄影师拍摄的国清寺照片很美，而生出家之心，费尽周折，他终于如愿以偿，当上了梦寐以求的和尚，可是不久他就失望了，很痛苦。

带着逃避世俗之心，或将出家审美化的人都是不能出家的，否则必然会痛苦。逃避也好、美化出家也罢，本质上都是一种贪欲，贪欲未消，就是进了佛门，也没法清静。

看父母的合影照

打开电脑里父母的合影，看着他们在照片里笑着看我，不知道为什么眼泪就下来了。现在，他们的头发开始白了，可是笑容却更祥和了。在写字台的玻璃下，看着他们年轻时候的照片，遥想当年，他们是那么英俊漂亮，而现在他们老了，从英俊漂亮变成了美丽。李叔同遗言"悲欣交集"，这会儿我就想到了这个词，我想这里的悲，当是慈悲之意。

低调与羞涩

从现实角度看，一切美好的东西，都具有一定的羞涩特征。古希腊哲人赫拉克利特就曾经说过"自然喜欢躲藏起来”。真、善、美、愛，都具有这样的特性。但是，社会生活却又需要这些美好具有公共性和公开性，以便具有感染力和影响力，对社会具有正面的引导能力。于是真理在这时候就导致了某些以此为业者的尴尬。真理本身的羞涩性决定了他们在追求真理的时候，需要一定程度上遠离尘嚣，而社会却需要他们面对大众的喧嚣。一个具有一定大悲悯素养的人，往往是低调的，但却常常是在无奈的热闹之中，因为他们从事的事情常常不可能遂其本愿，做到完全低调，经世之心越重，低调的可能性越小。当然，热衷于名利者不在本题讨论之列。

羞善勇恶与生活习惯及教育

我曾批评许多国人在公共性的事情面前，羞于表达善意，由此导致了对恶的纵容；甚至少数的人在公共事情面前表现了反向的勇于示恶的倾向，那些汽车上的抢劫犯、强奸犯是其中的代表性人物。我以为，这是因为大量国人没有思考与追求真理的日常生活状态——这与职业无关，只与个人的个性以及社会环境有关。当然，如朋霍费尔所言，愚蠢是被培养出来的。中国的教育与其叫教育，还不如叫戕伤，这样的“教育”培养出这样的国民羞善勇恶自然是天经地义的。

给言论以恰当的位置

从孔子所谓“讷于言、敏于行”到公孙豹所谓“立德、立功、立言”三不朽说到当代仇和所谓“只做不说”，都反映出轻视言论的倾向；从古代的“一言兴邦、一言丧邦”、明太祖将腹诽定为罪名到当代以言论治罪，都反映了将言论的力量无限放大的倾向。可见，中国人自古以来轻视言论的力量——另一方面，却又常常无限放大言论的力量。言论从来未被安排在一个恰当正常的位置上。这两个极端本质上是同一个问题的两面——对思想和言论的恐惧。

言就不是行吗？

在古代，由于传播技术的有限，如果说言论的力量很有限的话，那么在现当代的传媒时代，这种情况已经大大改善——言论常常变得十分有力量，因此，言和行分离的情况应该是另一种情况。

以前的言行分离，是个人性与社会性基本上合一的，但现当代的传媒时代，使得个人性的言行分离依然可能基本保持原状，即一个说得很好听的人，未必行为上都能做到；但是言行分离的社会性一面，却因为传媒的放大效果，言论本身就可以成为一种社会行动的内容，至少它会与社会行动产生更为深刻的互动关系。因此，我们已经越来越不需要要求一个人的言行合一——这是一种较高的道德标准，由此导致社会对许多人的言论，仅仅从社会意义和社会价值上去看待就可以了，即所谓不必“因人废言”。

0.618与人际距离

0.618这个神秘的数字，几乎出现在我们生活中的所有领域。我们会发现，一切和谐美好的事物都与此数相关，我甚至觉得它与我们的情感生活也是息息相关的。例如，朋友之间的距离、愛人之间的距离、亲人之间的距离，可能都与此相关。叔本华说人和人之间的距离，太近了会扎人，太遠了会伤人，如豪猪一般，遠近不如意；孔子以轻视女性的口吻发出“近之则不逊，遠之则怨”的人际距离感慨，我想也许都是因为没有注意到这个黄金分割点的缘故吧。

斐波那契数列与人际交往过程

与黄金分割点相关的是著名的斐波那契数列：1，1，2，3，5，8，13，21，34，55，89…这个数列的排列方式是后项等于前两项之和，前项与后项之比无限接近0.618。这是12世纪的意大利数学家菲波那契，根据兔子的繁殖模式得出的一个数列。人际交往的过程，从发生到发展，以及最后的相处是否和谐，这是个人人关心却未必都能够把握好的问题，它是否也与这个数列所隐藏的奥秘相关？我想这是可能的。

假装玩世不恭(一)

现实生活中，有个奇怪的现象，几乎人人难以幸免，就是假装玩世不恭。有个字最能体现这种现象，就是"混"字。例如，"兄弟，听说你混得不错啊！"这是赞许的口吻；

“哥们,最近混得怎么样啊?”这是关心。反正不管人家是不是在混日子,通通假定了一种替他人的“谦虚”,或者自己的“谦虚”——如果这算谦虚的话。其隐含的意思是,谁也别装,别以为你自己生活得很严肃、很认真。这就是典型的假装玩世不恭。

假装玩世不恭(二)

许多人不管自己是不是真的玩世不恭,反正都得假装一下,以表示对纷纭世事的洞达,以为这是一种我自岿然不动的能力——一切真、善、美的东西都是假的,是装蒜的。国家精神病时代(大约是1949~1979年)的人们装崇高,虽然我们并不否定任何时代都有真正崇高的人,那个时代当然不例外,如林昭、顾准……而在社会精神病时代(1979年至现在以及可能的后续)则是装卑劣,这与王朔有关,但世人大多误解了王朔,他要解构的是伪崇高,而许多人却不分青红皂白,固然蔑视了伪崇高,却也蔑视真正的崇高。即使有时明明发现了真正的崇高,也得表示不屑,因为嫉妒,于是永远都是玩世不恭的一副嘴脸。我建议,如果你真的是玩世不恭倒也无妨,只是别装。我们最需要的是真实，无论崇高还是卑鄙，都不要装，因为每个人只要不伤害他人，既有崇高的权利，也有堕落的权利。真正的玩世不恭者，是有独立人格的，它是真实的，如果你是装的，那么你连做个玩世不恭者都不够格。

各年代人的大致特征（一）

40年代人（大约在1935～1945年出生的）是集体主义的一代。总体而言，这批人的品质很好，本分、善良、勤劳、有责任感、胆小，如果不是与时俱进地阅读、思考、了解这个世界，这批人往往脑子有点儿僵化，并且不宽容。

50年代人（大约在1945～1955年之间出生的）是被毁掉的一代。总体而言，他们从懂事时候开始到青壮年，几乎全程经历了整个国家精神病时代，受此期间的政治、文化熏染极深，大多数人都在这一漩涡中精神生命被毁灭，不少人极端的无能、无奈，缺乏道德感、胆大妄为、无耻卑鄙。当然，经过自己艰难摸索走出来的也有不少。

60年代人（大约在1956～1965年之间出生的）是复杂的一代。他们的分化很严重，一些人沉沦，一些人振作，一些人平平淡淡，这是几代人里也许最复杂的一代人，优秀的非常优秀，堕落的也非常堕落，因为他们从懂事到成年，都是在各种各样价值观共同呈现的时代中度过的。

70年代人（大约在1966～1975年之间出生的）这是通常所谓的“70”后。这是最尴尬的一代人，这代人的共同特点是理想主义、完美主义，但其中的大多数人在现实的几次重大社会性事件打击中沮丧了、幻灭了，只有部分人从中回归到理想主义之中。然而不管他们是不是幻灭了，他们在日常生活中的完美主义依然时时体现，这代人最大的毛病是无趣。

各年代人的大致特征（二）

80年代人（大约在1976～1985年之间出生的）是睁眼的一代。他们比前几代人得到的关爱和呵护更多，他们的个人权利意识比较重，也比前几代人更直率、更开放、更宽容；但是由于独生子女政策，他们可能也更自私一些。无论如何，他们的人格总体上比前几代健全。

90年代人（大约在1986～2005年之间出生的）是最有个性的一代。他们受到的各方面熏陶比较杂，因此，他们的辨别力是几代人中最好的，也是最具个性和宽容心的一代。这是最不需要前辈们担心的一代，他们是未来中国最初的希望所在。他们可能存在的问题也是与独生子女政策相关，可能会自私一些。但社会会帮助他们改变，最终趋于个人与社会的和谐。

不过，上述这些说法是排除了教育的负面性而言的。由于教育的畸形，“80”后、“90”后的人，会受到不少负面的影响，但愿不至于太严重。

2008 年 4 月 14 日

二十

幸福公式

幸福公式

幸福 = 基础幸福 + 增量幸福

公式解释：先给自己假定一个基础幸福，也就是说你先清晰地告诉自己，你是幸福的。没发现吗？每天的太阳都是新的，到处都有笑容，有朋友，有亲人，有青山绿水，有朝阳，有晚霞，为什么不是幸福的呢？接着，所有后续而来的都是幸福增量。如果出现幸福减量问题，那就检查一下，不是自己的原因，那就忘掉；是自己的原因，那又获得了新的生命经验，于是幸福又增加了。

如果是身体健康出了问题，读史铁生先生的书，并且像他那样生活，你依然幸福；如果是精神方面出了问题，那就多晒太阳。

关键是你得相信自己永远幸福。

真爱情超越激情与理性

人们往往认为爱情只是激情，是不理性的，爱情中的人都是管不住自己的，会不可遏制地想念爱人，不可遏制地要跟爱人在一起。这可能是个误会，真正的爱情，到达深处，必然是激情与理性的完美统一，是激情与理性的和谐共存。它既不是激情，也不是理性，是同时超越了激情和理性的一种情感。所以它既有激情的一面，又有理性的一面，它避免了激情中侵略灼人的一面，也避免了理性中冷酷呆板的一面，它是激情的热烈与理性的中正联姻的产物。

男女如何打开心扉的三重门

爱情，通常情况下，男女两人如果不是灵魂上的孪生人，精神沟通再努力也是有限的，要打开各自的心扉，还需要身体的近距离交流——所谓“intercourse”。这种交流与身体接触的深度成正比，即拥抱、接吻、做爱的三部曲。不过门既然会开，也就会关闭，所以愛情消逝，也是自然现象，无足奇怪。张愛玲说：“男人从胃到达愛，女人从阴道进入愛。”这句话也许解释了哈代笔下苔丝的性心理。

柏拉图式相愛

柏拉图式相愛常被认为不可能，至少极难，确实如此。不过，柏拉图式相愛并非完全不可能，只要条件齐备，它就不但可能，而且必将绚烂动人。三个条件：

一、灵魂上的连体人（包括同性恋），没有共同的灵魂和精神深度、广度、高度，灵魂连体人不易得。

二、现实条件阻碍两人在现实生活中朝夕相处地相愛，例如一方有家庭。

三、都有高度的道德自觉与人性的性观念，这两者看起来似乎自相矛盾，实际上并不矛盾。人类除了相愛的愛情之外，还有许多在伦理等级上同等的愛的责任与义务，例如对子女的愛，对配偶的愛。只有尊重人性的性观念，这样的人才能坦然接受自己愛上配偶之外第三者的事实，并且可以坦然告诉配偶；同时还得有高度的道德自觉，因为不能让自己在各种愛的责任之间被撕裂，所以相愛的人只能选择尽所有其他爱的责任。于是他们理性地将这份最具审美价值、最具灵魂深度的爱情，安置在朝霞升起的地方，不让它落在任何一块生活的土地上，以免成为伤害其他爱之责任的利器。于是，这份心灵深处之相爱，就成为他们追求至真至善至美共同的朝圣地，也是他们相爱的爱情的永生之地。

我不知道金岳霖和林徽因的爱情是不是这样的，如果林徽因真明白什么是爱的话。

中国男女的质量

一般而言，中国男人的质量不如女人，说的是心灵。这个缺乏信仰的男权文化培养出来的男人，总体而言，缺乏自尊自重，尤其因为审美能力极度低下，也就缺了高贵的精神。女人倒是被压迫久了，在天性中善的基础上，还多了隐忍与豁达，从容与沉静。这个粗俗庸盲的民族（元朝以后至今），看我们怎么过春节就看得一清二楚了。看有多少人在成天搓麻将而不是看书也就可见其精神低度了。不然，怎么会让鬼吹灯当妈呢？本来嘛，全世界女人都死光了也轮不着它呀。

尼采(一)

从尼采的一生中,似乎可以看到,一个真正的哲学家在没有或者只有市侩哲学的境遇中,将是悲惨的。尼采虽然意识到自己将是未来世界的第一个哲学家,但是他却也无法拒绝他将被后世的庸人崇拜——这是人性的弱点,没什么奇怪的。那些崇拜他的庸人,以任何一个时代都相同的赶时髦的庸盲心态崇拜他,正如他在世的时候他们在崇拜别人。从这个角度讲,尼采最大的悲剧,并不在于他被遗忘,而是被记取。

尼采(二)

尼采生前断然抛弃体制,而他后世的崇拜者里,却以体制内的学院派崇拜占据主流,尼采在世的话必是哭笑不得。只有那些体制内生存,而体制外思考的人们(例如周国平先生),或者纯粹的体制外生存与思考者(例如王康先生),才能最真切地感知什么是尼采,什么是尼采一样的性灵生活。从这个意义上说，海德格尔也许是尼采的敌人，只是他未必够格做尼采的敌人。

尼采（三）

如果把尼采的思想看成一盘棋，它是精彩纷呈、令人无比感动的悲剧残局。这副败局的死穴在于他蔑视女人，一个终生寻求性灵与真实生活，也即哲学生活的人，在男权社会的重重包裹之下，在女性被异化被压抑的迷雾之中，一切的思考都被罩进男权社会的骗局。他要寻求的美和愛，本是女性身上的特质，但是，他错过了，因为他视而不见。超越尼采，达致尼采所理想的美愛生活，只有走出男权社会，走向母性社会这一条道路。

先知

先知最大的遗憾并不是被抛弃，而是他们走得太快，以至于人们完全看不清楚他们的背影。人类“文明”的最大讽刺，就是不断地抛弃甚至用石头打死当代的先知，然后从坟墓里挖出以前被杀死的先知，重塑金身，以供崇拜。循环相续，无穷匮也。

婚姻与人性

上天造人的时候，男性的生物性特征是尽可能地撒播种子，女性则是尽可能地获得优良的种子，这是生物繁衍的天道。以性的唯一性为基础的婚姻模式，在本质上是违背人性、反人性的。所以一夫一妻制在本质上只是个神话，自古至今从未真正实现过。男权社会只是在一夫一妻制幌子下，奴役女性，将女性财产化，禁锢女性的性自由而已——他们什么时候从本质意义上禁锢过男人的性自由？不过，极权主义以及专制社会本来打算连男人的生殖器也要锁起来的。从荷兰以及北欧诸国的性自由中，也许能够摸到一点文明程度与性之间的关系。

话剧《阴道独白》

去年第一次看了艾晓明教授导演的中文版话剧《阴道独

白》，倍感震撼，后来每次重看，都令人感动落泪。这部话剧源于美国女性主义作家恩斯勒的同名话剧，以阴道——生命之门的象征性器官，作为女性的图腾，批判与控诉历史上男权社会对女性的残酷压迫、摧残与奴役。我以为这部话剧，值得每一个追求智慧与正义、人道与真善美愛的人观赏。

诗与哲学

从柏拉图开始，便有所谓诗与哲学之争，哲学要把诗轰出理想国，而诗则要哲学向她缴械。这个命题吵了两千多年，正如其他许多无聊命题一样，这个命题也是男权社会极性思维下的伪命题，人类既需要诗，也需要哲学。只有以征服为目标的男权社会才会把人类原本都需要的这两种智慧，处理成你死我活的状态。尼采抛弃了这样的思维，他的诗就是他的哲学，他的哲学就是他的诗。但是，只要在男权社会下，这种冲突就不可避免——因为它确实是生活的常态。遵循男权却强行让诗与哲学和平共处的诗人哲学家尼采，只有一个。然而，荷尔德林、维特根斯坦就已经不在尼采的窠臼之中了。要让生活本身从这个伪命题中突围，只有走向以美愛为基础的母性社会。

信仰与人生

苏格拉底在法庭上说:“未经省察的人生没有价值。”他响应自己心中神灵的召唤,从容赴死。任何一个对安顿自己的灵魂抱有真诚期待的人,都会省察自己的人生,以寻觅到它的价值。当尼采杀死上帝之后,朋霍费尔说人类应当成年了,该自己负责任而不是继续由上帝负责任。然而,此刻,世界立刻现出一幅荒谬与无意义的图景,萨特于是说“他人即地狱”,但是加缪却说:“西西弗斯是幸福的。”如果我们都不是宗教的虔修派,那么我们只要将一切的生活根基深系于真善美爱的坚定信念之中,便将获得一种大自在,便是蒲宁的那句名言:

“只要我还能坐在长椅上,遥望夕阳落山的景象,哪怕残躯断臂,我也会感到无比幸福。”

2008 年 6 月 17 日

二十一

大学里的兼容并包

大学里的兼容并包

大学里的兼容并包，是包容不同的思想，不同的观点，不可能连不同的道德也包。如果大学可以包容各种不同的道德，监狱里的罪犯可以站在讲台上为人师表，地痞流氓都可以教训莘莘学子。兼容并包不能把大学弄成杂碎汤。

各级学校应该常设情感教育课

如果我猜测得没错，21 世纪将是教育学和心理学的天下。这两门学问可能会代替原来宗教的功能。当代大量国人都有严重的心理问题，我以为唯有情感教育才有可能解决这个问题。

一般中国的家庭也好、学校也罢，就是社会也一样，人们在情感领域都是过着自生自灭的情感生活。人们在各种情感遇到障碍的时候，都只能靠自己的悟性与天性去解决，这是很危险的，它会导致大量的个人问题以及家庭、社会问题。

应该用磅秤衡量学术

现在的学术评估体系应该进行改革。像目前这样用论文、专著的数量去评定，尤其用论文篇数很不科学，容易不公平：一个教授的一篇论文是20,000字，而另一个一篇论文才2000字，都算一篇，当然很不公平，而且效率低下。我认为比较科学的方法是在各个研究机构的科研处门口放一个磅秤，每个申请教职和职称的人都必须拿自己的作品过磅——这就叫做分量！当然，谁要是故意用铜版纸出版论文、专著，那得按照一定的参数加权打折。过磅以后，职称评起来就比较省事了。例如只有写出十公斤以上作品者方可评教授，很严格，也很公平。关键是教授分级可以分得细而不乱，公平无欺，例如三吨教授、二吨教授，还有什么十斤讲师、五斤助教之类，一目了然，尤其不会埋没那些万吨教授。

逛书店

做学问的人至少每半个月要逛一次书店，可以不买，但必须知道思想学术动态，而且书店逛久了，不管买不买书，都能训练出在几分钟甚至几秒钟之内判断一本书有没有价值的能力。

国图与学者

长时间不逛书店，尤其在中国，时间久了，就会远离学术前沿。前几天我在国图的电脑上查汉译名著，结果查出27种，这就是国家图书馆的水平！即使外文书还不错，但也是残缺、滞后，这么差的图书馆，要靠它做出什么学问真是不好说。所以，中国学者真要做学问还得靠自己买书，图书馆只能极其辅助性地用一下。我见过的学问做得很好的学者，几乎都是藏书丰富的人。虽然藏书多的人未必学问就做得好，但藏书还是极重要的。

中国教授的水平

中国绝大部分的教授，在知识结构上一塌糊涂，他们的论文写得像木乃伊就不必说了，他们的知识领域极端狭隘、陈旧，但是经过特许还在当教授。以前在北大的时候，我就想过，有些教授、博导给我当研究生我都不会要，那时还以为是自己少年轻狂，所以萌生此意后很惶恐。后来发现，天下的乌鸦都是两条腿的，别的大学也一样，北大还算好的了。从学术水准上，刻薄一点说，如果他们没有亲人需要他们挣钱养家，不考虑人道主义立场，中国的大学教授70%应该□□□□□□□□□□(此处删去十字)。

中国教授不会开会

中国很多大学教授有“五不”特征。

(1)不会开会。你让他演讲十分钟，他会讲一个小时，虽然你不知道他在说什么。

(2)不会讨论问题。他们喜欢居高临下地俯视对手，假定对方是白痴——稍好一点假定对方是他的博士生，动不动就说："你应该这样研究问题，你怎么不这样做？"诸如此类。

(3)不长耳朵，他们会随时打断别人说话，他们只想说自己的话，根本不想听别人说话，最好对方什么话也不说，让他过一下诲人不倦的瘾。

(4)不会闭嘴。不管自己懂不懂，他们都可以毫无根据地指责，可以不经过论证、不读文献，轻易得出结论，并且深信自己是对的。

(5)不读书。有些教授，平时聊别的，你还看不出来，但一聊问题，就会发现，你遇到了一个外星人，他根本不知道地球发生了什么事，"不知秦汉，无论魏晋"。

课题被教授搞了

有些教授自己写不出论文，但是很会搞课题，拿来课题就让自己的研究生干活。研究生写完文章，让他看一眼，不是看不懂就是没时间看。等到课题结项，变成成果了，学生分一点残羹冷炙就是莫大恩典了，至于署名权，当然是教授的。这样的东西也能算教授？

教授学生论文联署

一些在学界混迹时间长、积累了良好人脉的教授、博导，学术能力有限，而他们指导的学生因为希望尽快出道，掌握学术资源，也就比较努力，同时，他们缺乏发表论文的地方，因此师生之间可谓“互补”。于是我们就见到无数“合作”联署的论文，教授、博导署名在前，学生署名在后，而真正的操刀者却是学生。需要提及的是，有些教授与学生联署的论文并非学生心甘情愿，而是迫于师生关系不得已为之，这些学生不应过分受到谴责。教授们无暇写论文却依然能够证明他们有“学术追求”和“学术能力”，而学生也可以尽早走出埋头苦干、不见天日的境地，这样可算一举两得，“一鸡多吃”。虽然一些论文确实是合作作品，但是由于上述情况的出现，那些真正合作作品反被牵连，导致学界不信任。不少严谨的学者也就不敢再与人合写论文，以免被怀疑侵占他人学术成果。

钱钟书先生的治学观

关于治学，钱钟书先生有名言：“大抵学问，乃荒江野老二三素心人商量培养之事，朝市之显学必成俗学。”这话对于他那样的学问可能是正确的治学方法。但是学问有很多种，比如改进治疗心脏病的方法，你不待在医院观察临床经验，跑到荒江野老之处，找几个素心人培养商量，我看大抵是治不好病人的。法学、经济学、政治学之类都是实践性学科，成为显学是因为社会需要它，显得不好，就成了俗学。只是无论怎样，这些学问，大抵都不能跑到荒江野老去做。

一个社会既需要寂寞素心的学问，那是一个国家长期文化积累的需要；又需要来自躬行实践之学问，那是一个社会良治、人民幸福生活之需要。学问分工不同，治学方法也各异，没有统一标准，大学问家说出来的如果只是他自己领域的治学经验，就不能放之四海皆准，这是思想和学问的差异。

问题和脑子

现在绝大部分教授,脑子里没有问题,但脑子有问题。

八股文的注释

我也写过一些八股文,现在也还在写。八股文一定要有注释,注释最大的特点就是你十分诚实地承认别人比你讲得好,所以从一定程度上说是创造力贫乏的无奈之举。但有几种注释我认为是必不可少的:一种是为了与他人讨论的引用,一种是资料性的征引——例如拿破仑的某封信。但是绝大部分的注释只是注释,别的什么也不是。但是这玩意儿少了,你的八股文还发表不了,所以你就继续注释吧。

土鸡蛋在养鸡场之外

现代大学都是养鸡场,所以那里只有用饲料催出来的鸡蛋，暂名饲鸡蛋。不过有时候，有些特立独行的鸡，不愿吃那些饲料，不愿意一天下一个蛋，他们躲到一边找食，隔三差五下个把蛋，那些蛋往往味道鲜美。真正的土鸡蛋只能在养鸡场之外诞生。土鸡是放养的，它们有的是自由，但没饲料吃，很瘦，它们自己觅食，日积月累的结果就是生出土鸡蛋，异于养鸡场里的饲鸡蛋。那么难吃的饲料鸡肉、鸡蛋，完全可以不吃，找其他替代品可也。

学术孤儿

我们这几代学人基本上都是学术孤儿，先天不调，后天乱调，无师自“痛”。许多人喝下的狼奶毒汁，需要用一生的时间去呕吐，绝大部分人倾全力吐都吐不干净。在这样的背景下，想要完成什么学术思想事业基本上是痴人说梦，能老老实实把自己活明白了就算不枉。

学术交流的两条金规则

盛洪先生尝言学术批评的两条金规则：第一，不攻击人格、不作诛心之论;第二,不贬低交流者的智力。我认为非常正确。第一条,说实在的没什么难度,但遇到某些教授,觉得第二条很难坚持——虽然我还比较坚持,总觉得累。

如今万般皆上品,唯有读书是日常

还是孔子那句话:"行有余力,则以学文。"读书应该是一件日常生活之事,就像洗脸刷牙,每天必做,但谁会认为洗脸刷牙重要呢?那是因为它已经重要到了不必说的地步,读书也一样。即使做学问,由于分工的原因,许多学问也是要有行动的经验来配合。所以大可不必虚抬读书,不必将它神圣化,正如不必贬低它一样。有什么必要贬低刷牙洗脸呢?

二十二

知识人造假的脸皮

知识人造假的脸皮

知识人造假作恶比官场还要恶心。因为他们有理论依据，而官员至少还要在台上假模假样地装蒜；他们可以振振有词地作恶，他们比官员还糟糕，于幼军还会道歉，他们是不会道歉的。曾有本科学生的论文初稿因为抄袭被我严厉叱责，令其重写，他很委屈地说，大家都这样，教授也这样。我只能承认他说得没错，但我又说，你遇到我算你倒霉，重写！可见败类教授的言行对学生的毒害！

知识人是怎样软骨的

当代中国知识人患有严重的"软骨症"，是意识形态上消灭他们爱财求财之心的结果——消灭不成就异化他们，乡愿就是因为人需要钱，但又不敢理直气壮地去挣钱导致的。

知识人应该独立

孔子说："行有余力，则以学文。"后世知识人并没有坚持这一点，以至于"文有余力，则以不行"。这虽然与劳动分工相关，但实际上是政治吞没文化的产物，直到晚明颜李学派兴起，颜习斋讲究行动，赞成"行有余力，则以学文"。此后，这个问题引起人们注意，但至今也没怎么解决掉，是因为近半个世纪以来，文化依然只是被政治包养的二奶，想什么时候×就什么时候×，想什么时候换就什么时候换。所以，在人的意义上，文化独立的条件只有一个，知识人独立起来——经济独立是首要条件。

知识人的生活技能

孔子被骂为"四体不勤、五谷不分，何为夫子"。这个毛病到现在还留在中国知识人身上，所以知识人的独立也包括基本的日常生活能力。牛顿把手表丢到沸水里当鸡蛋煮，是因为他专注，不是因为他真的认为手表就是鸡蛋；而中国知识人把生面条放进凉水里煮，是因为他们真的以为这样煮面条是正确的。

80 后的年轻知识人

“80”后的这些年轻知识人对待财富的认识，可以帮助他们比我们这代人更早的自立、自强、自尊。他们从不讳言谈钱，认为有偿工作是天经地义的，而知识人只有解决了生存问题，才不会像以前的知识人一样“拙于谋生，急于用世”（在这一点上，李敖这句名言表明他在此领域的先见之明）。所以，在这个意义上，我们可以说他们这一代比我们这几代人更有希望。

知识人该懂经济

中国知识人应该懂得经济，应该有商业头脑，否则，将来的世界与他们无关。不过，学问和挣钱要分开，以学问的方式去求知，以取之有道的方式去求财，两样井水不犯河水，这样才会求财得利，求学有成。现在的大学制度是要求知识人拿学问去卖，所以既不能致富，又做不出学问，还把人搞得像乞丐。能不软骨吗？

学者

现在的学问很搞笑，少数人将坐冷板凳当成做学问的唯一方法，另有部分人则把聚光灯下的生活当成学问，而绝大部分人则把码出很多字当成做学问。我的想法是：学者应该离生活近一点，否则会变成该去自杀的“哲学家”；学者也要离喧哗稍微远一点，不然直接去当“表演艺术家”可也。学者的生活本来没什么了不得的，最好只是学者的兴趣所在。我比较赞成爱因斯坦的说法，他说他比自己的许多同学更有成就，是因为没有很早进入大学，没有陷于大学事务。真想做学问的人，我觉得还是不进大学为妙。现在的大学只不过是养鸡场，全世界一样，只是中国的养鸡场更加混乱，鸭蛋、鸟蛋都可以充当鸡蛋，于是许多鸭子、老鸟也就肆无“忌惮”，也就“世无鸡蛋，遂使鸭蛋成名”了。

书生之见

当年梁思成先生对北京市的规划建议是以复兴门为界，西边发展成新城，是工作区；东边老城，是生活区。估计这样的规划一到了那些政客的桌子上立刻被斥为"书生之见"，于是城墙被拆了，古迹被毁了，老北京不见了。北京人每天都生活在出差之中，这个永远摊不完的大鸡蛋成了全世界最大的"堵城"。

大量国人喜欢怀念以前的"书生之见"，它是苦难现实的反义词；喜欢嘲笑现在的"书生之见"，因为"书生之见"是未来愿景，需要一点耐心和韧劲。机会主义者就是这样过日子的，我以为是活该。

学派与读书人经商

南宋以后浙东学派对读书人的影响逐渐增大。根据余英时先生的研究，晚明之后，中国读书人的治生观念开始苏醒。顾炎武之所以学问这么大，跟他善于经商关系甚密。他能够到处搜罗各种地方志，写成《天下郡国利病书》，还派生出一部同样卷帙浩繁的《肇域志》，如果没有雄厚的资金支持，基本上不可能。

李叔同

李叔同一生都在花样翻新的变、变、变，到头来似乎放下一切，但名还是放不下。不过他绝对是一个自我营销大师，他成功了，他的名留下了，至少对付庸众，他的那点小聪明绝对是够用的。

鲁迅的限度与复杂

我的朋友摩罗先生曾对鲁迅有过这样的评价，说他拒绝参加诺奖角逐不是因为谦虚，而是有自知之明，因为创造意义上说，他两手空空地面对文学。说出哪些东西不是艺术，并不意味着什么是艺术就不证自明了。在《野草》的“复仇二”中，读者可以清晰地感觉到鲁迅对耶稣的理解完全是鲁迅式的，基督徒一定会认为是对耶稣的亵渎，因为在耶稣那里不会有诅咒，而在几百字的散文诗中，鲁迅用了三个“可悲悯的，可诅咒的”来描述耶稣眼中的世界。悲悯和诅咒是矛盾的，这就是鲁迅的限度，也是他的复杂。

林昭

看到这样一段话：“和林昭同一个时代的人骂她是叛徒，几十年后，她受到大家的赞叹，有人问：现在为什么缺少林昭这样的人？回答：现在我们不缺少林昭，但是大家都在骂她。”

看了以后，心里半晌无语，觉得没什么想说的，也没什么可说的。倒是一时间脑子里冒出一个人来：李银河。

好在李银河毕竟是李银河第一，不用做林昭第二。为此，我们也该说进步了！（这都什么鸟进步？）

曹乃谦

曹乃谦是我看到的当代作家里，语言最具独特性的作家。马悦然先生很看好他，但愿他能不负众望，写出大作品。然而，任何一个伟大的作家，必须同时是一个思想家，一个哲学家，一个艺术家，且毫无疑问具备大欢乐、大悲悯的人生境界。从曹先生目前的作品来看，除了他在短篇小说方面独具匠心的构思能力，以及在语言方面的超常天赋，他也有一种大悲悯的潜质，但还很难看到他更为广阔与深邃的思想以及深湛的多方艺术功底。

键盘写作

用了电脑，常觉得写出来的东西没灵魂，可能是我的偏见。可心里还是犯嘀咕，总觉得电脑写的东西只是人脑里挤出来的——因为你的字形和别人相比，毫无个性。至于那些满篇错别字的所谓文章，我以为那是用手甚至只是用键盘写出来的。我还是坚持认为，用笔写的东西才是从心里流出来的，几乎一切美好的东西都与艰难的程度成正比——也正因为此，我们都回不去了——人有偷懒的天性。

孔子是个失败的教育家

孔子，后世说他弟子三千，可是没有一个在思想贡献上超越了孔子。再看看苏格拉底、柏拉图、亚里士多德，他们在思想贡献上是递进关系。孔子对后世中国人影响确实很大，即使韩愈说“弟子不必不如师”，可是中国的大思想家一般都是自己走出路来，一旦拜了某位著名学人，他就很难成为大家——因为从孔子以来（除非像章太炎那样反出师门），一般而言，弟子必须不如师。

插图列表

图书在版编目(CIP)数据

闲思录/萧瀚著.—北京:法律出版社,2010.6
ISBN 978-7-5118-0652-9

Ⅰ.①闲… Ⅱ.①萧… Ⅲ.①随笔—作品集—中国—当代 Ⅳ.①I267.1

中国版本图书馆CIP数据核字(2010)第054728号

闲思录 | 萧瀚 著 | **责任编辑** 高 山 **装帧设计** 乔智炜

开本 787×1092毫米 1/32 **印张** 9.375 **字数** 144千
版本 2010年7月第1版 **印次** 2010年7月第1次印刷
出版 法律出版社 **编辑统筹** 学术·对外出版分社
总发行 中国法律图书有限公司 **经销** 新华书店
印刷 世纪千禧印刷(北京)有限公司 **责任印制** 陶 松

法律出版社/北京市丰台区莲花池西里7号(100073)
电子邮件/info@lawpress.com.cn 销售热线/010-63939792/9779
网址/www.lawpress.com.cn 咨询电话/010-63939796

中国法律图书有限公司/北京市丰台区莲花池西里7号(100073)
全国各地中法图分、子公司电话:
第一法律书店/010-63939781/9782 西安分公司/029-85388843
重庆公司/023-65382816/2908 上海公司/021-62071010/1636
北京分公司/010-62534456 深圳公司/0755-83072995

书号:ISBN 978-7-5118-0652-9 **定价**:29.00元
(如有缺页或倒装,中国法律图书有限公司负责退换)